我们那
多愁善感的花园

[英]伊格顿·卡索　安格斯·斯维特曼·卡索◎著
[英]查尔斯·罗宾逊◎绘　徐炀妍◎译

重庆出版集团　重庆出版社

图书在版编目(CIP)数据

我们那多愁善感的花园 / (英) 伊格顿·卡索, (英) 安格斯·斯维特曼·卡索著 ; (英) 查尔斯·罗宾逊绘; 徐炀妍译．—重庆: 重庆出版社, 2019.12

ISBN 978-7-229-14400-5

Ⅰ.①我… Ⅱ.①伊… ②安… ③查… ④徐… Ⅲ.①散文集—英国—近代 Ⅳ.①I561.64

中国版本图书馆CIP数据核字(2019)第191327号

我们那多愁善感的花园
WOMEN NA DUOCHOUSHANGAN DE HUAYUAN
[英]伊格顿·卡索 [英]安格斯·斯维特曼·卡索 著
[英]查尔斯·罗宾逊 绘 徐炀妍 译

丛书策划:李 子
责任编辑:李 雯 陈劲杉
责任校对:杨 婧
封面设计:回归线视觉传达
版式设计:侯 建

重庆出版集团
重庆出版社 出版

重庆市南岸区南滨路162号1幢 邮编:400061 http://www.cqph.com
重庆出版社艺术设计有限公司制版
重庆一诺印务有限公司印刷
重庆出版集团图书发行有限公司发行
邮购电话:023-61520646

开本:880mm×1230mm 1/32 印张:11 字数:280千
2020年2月第1版 2020年2月第1次印刷
ISBN 978-7-229-14400-5
定价:49.80元

如有印装质量问题,请向本集团图书发行有限公司调换:023-61520678

目录 CONTENTS

榉木林

夏天

半圓形花坛

荷兰花园

沼地

秋季

冬青树

冬季

谨以此书献给我们在罗盖特友善的邻居
休先生和温德姆女士

他们从一开始就给予“小别墅”花园宽容的目光及友爱，并坚持努力发掘这片荒野之地中的无尽魅力。我满怀热切地写下此书，愉悦地回忆着那些弥足珍贵的探访。

1914 年 9 月

洛基别墅

与此同时，尽管小别墅逐步成为我们一些人的养伤之地，我们仍不知它是否会立刻受到欢迎。

越过那重山及更远，
有个花团锦簇的地方；
每年五月至次年五月，
那儿就像个小天堂；
娇弱的小生灵，
多么甜美又无邪的欢乐，
毛绒小动物们在尽情玩耍，
我们的视线毫无保留地交汇；
越过那重山及更远，
越过那重山。

越过那重山及更远，
每一朵玫瑰下都酝酿着一个梦，
数千个柔软的回忆，
焦虑不安地围绕着丁香花丛；
今日，明日，还有昨日——
此起彼伏地带来欣喜的回应；
越过那重山及更远，
越过那重山。

——埃莉诺·斯威特曼

从没有一部冗长的编年史像我们这本书这样，以一种欢快的方式开头，闲聊般娓娓道出我们的回忆。现今，在战争、死亡和苦难的三重摧残下，它步入了终稿阶段！

这“山上的小天堂”滋养着无忧的愉悦，每日都有欢乐和关爱，这儿生活着肆意嬉戏的“毛绒小动物们”，这些小可爱见证着家族成员们的日常活动和谈话，这儿还有玫瑰、鳞茎和幼苗。我们满怀期待地推进了花园计划，尽管过程中有些许绝望，却也有出乎意料的福佑。如上所述，我们的尘世天堂似乎是一个虚幻梦境。我们提心吊胆地越过这片土地，不知为何，它压抑得像是被下了咒一般。那片秋天的景致（至今仍如此诱人，乐趣盎然）却只能引来一声喟叹。要是说“如果我们买了鳞茎，就能帮助那些比利时人”，那些丹麦商船上下来的供应商则闷闷不乐。尽管我们深知今年不能再买鳞茎了，因为这笔开销要用来买面包，以提供给那些所需者，然而，如果我们不买，其他人就会自行购买。这只是滔滔恶浪中的一滴，它任由阿提拉[①]大肆地践踏人性。有时候，望着这片安宁的土地，我们感到自己必定会迷失在某个怪诞的梦魇里。这是一个浸沐在流金溢彩里的九月。

夜幕低垂，一轮祥和温柔的皎月从寂静的沼泽地升起，随

① 阿提拉（406—453），古代欧亚大陆匈人的领袖和皇帝，史学家称之为“上帝之鞭”。

后跃入玻璃纤维色泽的天空中。微风和着小曲儿穿过落叶松和白桦，阵阵清香浮动。万物美丽而又和谐，直至春天再次腼腆地拂过我们的矮树丛，藏红花摇曳着它娇弱的小火焰，雪花莲（不太情愿地）朝着我们的山顶羞怯地垂下脑袋，我们确实会回头看看那些日子及可怖的梦魇。

与此同时，尽管小别墅逐步成为我们一些人的养伤之地，我们仍不知它是否会立刻受到欢迎。那些逃离大火燃烧的比利时村落的妇孺们将农舍作为庇护所，下文绘声绘色的内容及所有自然和谐的生活方式，或许能吸引那些被世间纷争的寓言和画面充斥着的思想。我们希望，在薰衣草或是黄花九轮草的枝叶及洛基和他同伴的陪伴下，或许有那么一瞬间，饱受煎熬的士兵能在梦中摆脱血色模糊的画面，如此，他们在旷日持久的忧虑下焦躁不安的心或许能寻得片刻的放松，能发出一个久违的微笑。

1914 年 9 月

第一章

如今是一月，上十株鳞茎之间只见一只绿鼻子在四处蹦跶，它们都是无名的生物。

先从我们的小动物开始讲起吧，这样子比较容易。首先，他们可以说是最重要的了；再者，这儿一共只有六只小动物。如今是一月，上千株鳞茎之间只见一只绿鼻子在四处蹦跶，它们都是无名的生物。

人们一眼就能看出我们是什么样的园丁以及我们花园的类型。这里几乎没有那种所谓的“个性化”植物，我们也从不在一株淡黄色鳞茎上花上十个几尼，或是为牡丹破费个十五几尼。在我们看来，每种花都是不平凡的，因此，我们在数量上大方投资。我想说的是：我们不投资质量，但我们认为，这是现代的园艺家出错的地方。名字又代表什么呢？就花而言，名字毫无意义。那未知芳名的植物丛中藏匿了多少宝贵的乐趣和颜色，着色之深浅和质感之细腻，却仅被寥寥地标成“上品混色达尔文郁金香”“蓝色花坛风信子”“单瓣丁香水仙，最佳混色”等诸如此类的名称。我们曾下山到远方去订购了“一百株混色飞燕草”，而在去年六月，我们坐在山毛榉树下的一处（这地方堪称是最佳展望点）俯瞰园林保留地里的某块花坛。釉蓝色的花丛与远处的高沼地相映成趣，我们也不觉得羞愧——没错，我们还感到沾沾自喜。

然而，我们的动物们则是要一一描述的，正如之前所言，这儿只有六只动物。

首先，第一重要的是哈巴狗“洛基”，屈服于它的魅力的我们当即便买下了他。虽然，从民族学的角度看，这也不是那

么不合适。他的毛是火红的而且他是个欺骗老手，每当他先给陌生人留下深刻的印象时，我们就会匆忙地解释他是“莫·洛基”，知名冠军“大莫·洛基”的儿子。洛基（卖家一直向我们保证他其实是只北京狮子狗）出生在肯辛顿大街的某个皇家宅子的屋顶上。他端正的样貌和行为证实了他的王子身份。自他还是幼犬的时候，他便被委以重任，因而他的腿比一般的皇家成员都要长一点，但是“祖父”——好吧，还是从头开始解释为妙。自从洛基来到我们家后，“祖父”这个名号就自动移交给家主，小洛基的女主人认为自己承担了一个母亲的地位和责任（北京话是“妈妈”），因此，正如白昼生黑夜那样，她的父亲“意利高”自然成了“祖父”。——再说回来，虽然洛基的腿稍长，家主说这个特点反而让他更具魅力，我们对此都表示认同。洛基不会相信，满族统治者在中国的势力已远非昔日之盛（当然，这些糟糕的流言并不是从我们口中传出来的），所以他依然占据着那块最好的丝绸鸭绒被，享受着绸缎的垫子，早晨品尝着烤猪腰，碗里也总有新盛的水以解渴。同时，他期待人们在午餐晚餐时，玩耍时，挥手告别时，还有其余他觉得自己应该被好生伺候着的时刻，给予他刻不容缓的关注。他就坐在那里，神气地挥舞着爪子，偶尔会翻个身仰面躺着，并爪摆出一副狩猎者的姿态。他也不是从一开始就怀着这种东方式的镇定。实际上，初来乍到之时，他的一个愿望就是和所有目之所及的生命玩耍，大到一头奶牛，小到一只鸡。但那头奶牛错把这当成挑衅，向他猛冲过去，而小鸡呢，则吓得落荒而逃。这可怜的小狗负了伤，还感到困惑不解。他一直相信每只泰迪熊一开始都是有生命的，总摇摆着尾巴，上前用鼻子蹭蹭刚收到的泰迪熊，以示友好。直到某天，他猛地发现原来这只泰迪熊是个没有知觉的冒牌货，便像个小泼妇般固执而又焦急地摇晃着它。如今，他长大了，也聪明多了，路过奶牛们就

视而不见，冲着小鸡们就叫唤几声，也会朝一只陌生的狗狂吠，每次拿到个新玩具也要上去咬啊甩啊几下的。看来岁月的确会让一个年轻的理想主义者变得愤世嫉俗！

他现在只和他自己的小伙伴玩，有巴特勒的狗——苏姗，

以及阿拉贝拉——一只从苏格兰一户名望贵族家里远道而来的雪达犬，她姓斯图尔特，身子较长，慵懒劲儿中透着一点可爱的愚蠢。

阿拉贝拉的体型是洛基的十倍大。她总是将洛基翻来翻去，用脚踩踩他，亲昵地咬舔着洛基直到他唤不出声来。然后他就摸摸她的鼻子，拍拍她一只摇晃着的长耳朵，在斜坡上冲上冲下，一圈又一圈地绕着绿色梯田跑，一直到他们都累得倒下。他们的舌头露在嘴巴外，似乎每呼哧一声都要抖一抖。值得注意的是，他们不会和我们一起漫步过沼泽地——显然这不合他们的规矩——但他们也会在回家路上的花园入口等待着我们，一旦进入花园，那种兴奋，那张牙舞爪的姿势和那滑稽的吼叫可就抑制不住了。尽管方圆一里内的每只狗都难以抵挡苏姗的魅力，但苏姗却从不和其他狗玩。我们觉得她有那种简爱式的魅力，因为这种魅力并非肉眼瞬间能察觉到的。她身材矮胖、性格腼腆却又如此可敬，这总让我们想到那个矮小、年迈的德国女家庭教师。苏姗是一只猎狐梗犬，然而，她有一个严重的缺点——她唯一的乐趣就是掷石子。所以，她不是一个适合带出去散步的对象，因为她会钻到你脚下，挖出个石头，指着它朝你吠道："快捡起来，扔给我！"这刺耳的叫声会在你脑海中盘旋不止。如果你意志不够强，向她屈服了，那你就有得受了。你将不停地重复掷石子这个动作，直到某刻，你希望天狼星下来把她收了。苏姗也会不停地挖石头，直到她的爪子血肉模糊。尽管我们把这看做是苏姗一个极大的缺点，但洛基却不以为然。

苏姗的男管家刚来时，我们可真是饱受折磨，听他唠不同年龄段的男管家们的百态性格——他们所有人都是嗜酒者。其中一人最近谋杀了他的侍者，这人是由机构担保过来的另一个

人，自称现年四十五岁，然而到这儿，却是个身形庞大，老态龙钟，甚至还带着哮喘的人。八成他也是个快能拿养老金的人了。预定八点的晚饭，他到九点也交不了工。结果这场庆典沦为无尽的折磨，大家都饿得眼冒金星，等得鼾声四起，也不知该赖他的哮喘还是慢性酒精中毒。我们生性善良的家主暗示最好让人把管家和贵宾隔离，以保障新来宾的健康。老管家喘着他特有的粗气，无可奈何地同意了。

“你知道吗，”家主温和地说，“你的形象和你当初介绍的不太一样。你自称四十五岁！”

“我觉得，”他呼哧呼哧地回道，“先生，我想我当时说的是四十七岁。”

“噢，四十七岁！”家主略带讽刺地说道，“就算你说的是四十七岁，你的年龄也比这个数字大了很多，很多！”

“先生，”失职者眨了眨他醉意朦胧的双眼，“没有男管家会老于四十七岁。”

我们理解，这是这个行业的行规。

第三个管家——年轻又秀气——他喜欢喝一种叫做姜汁琴酒的啤酒，这酒能令他瞬间振奋起来。尽善尽美地完成下午茶的工作后，他就离开客厅，扯着幽默高昂的嗓音通知开饭，我们对此闻所未闻。递出盘子时，他诙谐一笑，仿佛在说："保佑这些幼小的心灵啊，看，他们多顽皮呀！"

我们开始绷紧了神经，担心侍者是否能够保持较长时间的清醒状态。苏姗主人的到来让我们觉得如获至宝，大约一周后，我们问他是否愿意长久在我们这儿做。他说他会考虑在我们这儿留长一点。十天后，他告诉了我们苏姗的存在，并表示他想接她过来。我们又舒了口气。

朱维纳——这是他的名字——非常喜爱小动物。某次，他的士兵朋友因为军事演习不得闲，他便把人家的狗邀请过来居住，这让我们觉得他的喜爱有一点过了头。这只叫奥莱利的小动物过来时，那副有些邋遢又满不在乎的样子以及练兵场上惯有的神气，可惊呆了我们的满族小王子。奥莱利也有粉嫩光滑的肘部和膝盖，他的后腿较前腿长，这给予他天地不惧的勇气。我们也不清楚他为何不打洛基，因为洛基不待见他，并且我们相信在奥莱利的停留期间，洛基那可怜的小灵魂深受其苦。

然而，尽管他不受欢迎，笨手笨脚又惹人生厌，却也是个可怜的小主儿。奥莱利有自己的处世之道，他转瞬就低声下气地哀求，这种狂喜只会表现在对方忍耐达到极限的时候。同时，虽然他的离开是桩令人满意的事，我们的心却也隐隐作痛。因为我们敏感地怀疑他的下士主人是个粗暴之人，可怜的奥莱利并不像每条“有主人的”狗那样幸福快乐地活着。每条狗都值得被更好地对待。

至于猫儿们，一旦他们过了年少轻浮的日子，我们就不能不对他们心存敬畏，以前他们是小淘气、调皮鬼、小精灵、小妖怪、小毛球、小仙子、小怪物——他们不仅仅是动物。自他们的祖先开始与人共处一室算起，多少岁月已悄然流逝，他们却仍是纯正的东方种系。从父亲到儿子，母亲到女儿，将玄妙神秘的故事代代相传，小心翼翼地守护着，这是一个神圣的种族继承。他们的目光把你锁定在瞳孔里的狭缝中，透过你望穿那些意想不到的谜。那高傲的超然，与生俱来的独立，还有无情的冷淡，这些记号和表象，难道还未让人们都意识到猫儿们是如何完全将我们隔离在他们真正的思想和感觉之外的吗？他们看似是遵循怪异教条的牧师，内心充实，喜好沉思，但也会猛地来个凶蛮的仪式。

你曾见过一只猫蜷曲着身子，沉思默想吗？它的身体略微摇晃，精神却轻柔地冒着泡，仿佛在一团神秘火焰上满足地沸

腾着。和狗不同的是，它并不想和你分享它的狂喜，也无意与你建立伙伴关系。它就像伟大的圣雄那样自给自足，与世无争。可爱的小凯蒂是我们三只猫的首领。她是一位波斯女士，身披银灰色华美礼服，从她貌美但邪恶无双的父亲那儿继承了淡蓝中夹带橙色的双眸。我们在伦敦度过了她讨喜的幼年和暴躁的青年时期，直到某天她开始躺在偏僻的角落，等待着仆人，然后猛跳到他们的手肘上，这让我们果断抛弃了她。后来一位善良牧师的女儿领养了她，这个自由的国度允许她过上放荡不羁且体面的生活。但是，天蒙蒙亮时，她还在餐厅，躺在牧师的长袍上。当可敬的牧师礼貌地请求她移动身子时，她勃然大怒，追逐牧师一圈又一圈地绕着房间跑，直到把他逼到大厅，开始咬他。这名牧师也不是个不讲理的人，他对这只堕落却衰弱的动物也作了退让，但是宝贵的手肘是他的底线。所以这只波斯猫再一次噙着泪水，撕心裂肺地离开了。这次，一位开了家猫舍的女士领养了她。传言道她已经成为德性典范，为她梳毛时，她会戴着击剑面罩和拳击手套，如果没有这些保护，一个不留神，她就会咬她的拇指。任何一个做猫剪纸的人都听闻过这只最有名的小怪兽，他们叫她“莎拉西卡”。

小凯蒂遗传了她父亲的精致容貌——只有她是“烟灰色”的——还有她母亲天使般的性情。要是某天，她体内父系的脾性闪露出来，园丁的妻子（凯蒂喜欢和她住在一起）就会说：“凯蒂今天有点小不安。”在小凯蒂经历第一次门不当户不对的婚姻后，她便和最合适的人一起生活在花园的最深处，在那个被亚当夫人叫做“小摇篮”的地方安了家。自《一千零一夜》那时起，波斯公主们的善变便是尽人皆知了。然而我们自始至终都不清楚，究竟是什么青春幻想引诱了我们含着金汤勺出生的贵族少女，让她对霍普金斯先生如此执念，这实在令人不快。

霍普金斯先生是狗中不折不扣的小流氓，他堕落至极，身上丝毫不见东方习性，并断然摆出一副来自荒野的粗鄙模样。他是只身材消瘦，拖着条秃尾巴的癞皮狗。一只眼睛上面有个黑点，另一只没有黑点的眼睛则显得格外明显。我们能听到他沙哑的嗓音夜夜哼着小夜曲，像是在拉手风琴，我们散步时，他会在灌木丛后用喉音轻颂《我的殿下》。他所做的一切都是想使荒唐的追求者泄气。但是，凯蒂却笑了。这个痴情的小公

主打破了警戒，逃离了令她心烦意乱的家。

也许现在最好先不谈这个鲁莽的联姻所带来的后果。不过凯蒂的确已经尽她所能来抹除这些结果，她什么都不愿干，只是依靠着三只黑白相间、粗尾巴的小猫。最后一只小猫离世时，她也只是咕噜咕噜地叫了一天。

“噢！妈妈，她心满意足了，”园丁的妻子说道，“她转眼就振作起来了。”

遗憾地说，小凯蒂的第二次婚姻冒险虽然也是门不当户不对，却比第一次成功得多。事实上，正是这次机缘，我们有了——邦尼！

邦尼父亲的名字、血统和性格都还是个谜，但从他黑毛的光泽推测，凯蒂这次选择的这只黑猫，就算不是皇室贵族，体内也流着高贵的血液。邦尼还有两个勇敢的兄弟，但他是唯一的幸存者，所以他格外受到珍视。的确，即便他没有母亲的万丈光芒，我们也会不由得为他自豪。邦尼诙谐幽默又绅士儒雅，他会一整个早晨像条蟒蛇般地环着园丁亚当的脖子，或是在树丛间跟踪其他狗，在不经意间猛扑向他们，或是朝着苏姗肥壮

的背部轻快友好地一拍，或与阿拉贝拉跳支华尔兹，抑或是调皮地朝洛基挑个古怪的斜眼，哄骗他一起玩自己发明的神秘游戏，由于我们的中国小主儿也带着点猫的性子，所以理解他不成问题。

我们很高兴亚当能有邦尼来安慰他，因为小凯蒂的后代在身形和样貌上都和上一只备受关爱的花园小猫凯撒有莫名的相似之处。不过，在邦尼出世后不久，凯撒走上了所有毛绒动物最终的道路（药剂师无奈地提供了小帮助）。

“哦，小姐，”在苏格拉底式悲剧发生的那个周日，亚当的夫人说道，“昨晚真是一场噩梦！这是十三年来我们家里第一次没有一只猫！小姐啊，我觉得父亲会伤心欲绝。他刚刚坐着掩面，唉声叹气的。说实话，玛丽小姐，我从不觉得我们有如此伤心过。”

由此可见亚当夫妇对“猫姐妹狗兄弟”（阿西西的圣方济

各[①]这样称呼他们）的情感极其真挚。这对我们再合适不过了，说来也奇怪，洛基小别墅就是一个兽类和禽类的天堂。猫儿狗儿们在这儿能友好地共处。想象一下，洛基亲吻邦尼，或是邦尼搂着阿拉贝拉的脖子，这幅画面会有多美好。就算小凯蒂偶尔娇弱地朝洛基一挥，她也会把爪子缩在里面。至于管家朱维诺，他的食品贮藏室可满是鸣禽，洛基在场时，他便公然奉承，真是把所有礼节都抛诸脑后。有人也听见仆人乔治在走廊末端称呼洛基为“亲爱的”，而汤姆，那只年迈的长毛猫，掌管着厨房。

① 圣方济各（1182—1226），天主教方济各会和方济女修会的创始人。他是动物、商人、天主教教会运动以及自然环境的守护圣人。

汤姆已到了十八岁的族长级高龄了，别墅的主人很宠爱他，他也历经了许多世事变迁。多年前，在我们初到这儿的那个夏天，汤姆曾在这片高原沼地上被一条宽蛇咬了，昏迷了多日，一只爪子肿得和小孩的手臂一样，最后用大量的白兰地和牛奶才救了他的命。几年后，他又落入陷阱。至于他是如何脱身的，这我们无从知晓，但有人发现他瘸着腿在路上爬行，可

怜兮兮地埋怨连连。多亏了我们的厨师，这个传统的人是汤姆的救命恩人，她用木柴固定住了瘸腿，骨头也成功接在了一起。巧得很，几乎同时，家主也在网球场上咔嚓一下扭断了他的跖肌腱。我们看到他俩都从过道上跛行下来——家主拄着拐杖，一步一停，汤姆则跟在他身后。

不过，这场外行做的手术也不是完全成功的。尽管汤姆的骨头接在了一起，但被轧坏的皮肉仍未愈合，最后，我们的厨师把这只小可爱放在篮子里，带他去看了伦敦最有名的兽医。

接踵而至的是一段令人揪心的日子，电报总是急匆匆地来回往复。朱厄尔医生表示“他不确定自己是否能保住这条瘸腿”，汤姆的家庭不忍设想这个悲剧的发生！“还是安乐死吧！”我们传了电报过去，“会倾尽所能拯救这只小猫的。”上帝手下谦虚善良的爱斯库拉皮厄斯[①]回复道。最终，希望和奉献大获全胜。汤姆回来的时候，三条腿都套着厚重的毛裤，第四条腿畸形得厉害。因此，那毛发再也没能长到原来的长度，我们担心现在也不会长了。

亲爱的老汤姆如今已掉光了牙，头顶也渐渐秃了。

但他美貌依旧，仍打扮讲究。厨师并不是非常喜欢其他动物，而且对小凯蒂那不登对的婚姻甚是反感，以至于小凯蒂每次来到厨房，都会即刻甩出重话，就像乔治·诺克斯[②]对玛丽皇后那样。其中“荡妇！”则算是最温和的词了。

---

① 爱斯库拉皮厄斯，古希腊神话里的“医神”，专司医疗及医药。

② 乔治·诺克斯(1513—1572)，是苏格兰的改教家，又是长老会的主教。他创办了苏格兰的长老会。

第二章

我们可爱的小房子高高地矗立在沼地起伏的路肩和山谷郁郁葱葱的低陷处的中间。

我们住在萨里东部沼地的高处，那是荒凉的冬季似乎永远无法企及的地方。当然，除非那几天雨水如注，或是喷涌的薄雾如魂魄般急冲上山谷，把整个世界都笼罩在它怀里。不过在任何地方任何季节，这种日子都是令人沮丧的。

我们可爱的小房子高高地矗立在沼地起伏的路肩和山谷郁郁葱葱的低陷处的中间。与其说它是英国建筑，不如说它看起来更像意大利的“别墅”。沼泽地也不停变换着色彩，在某些日子的薄暮时分，反射较不明显，而天际却渲染开一片玫红、紫红、胭脂红的渐变色彩。如今在一月，大地则是美妙的铜棕色，还点缀着奄奄一息的茶色欧洲蕨与黄色幼嫩的金雀花。我们对面那一带白桦林，在峻峭青松的映衬下披上了紫色。那条紫带和深绿带携手朝青翠的田野和小山谷俯冲下去，之后延伸到了沼泽地，那儿的冷杉岭也直连天际。树林中还有落叶松和橡树，所以这儿春日的斑斓色调几乎不逊色于秋日。

当沼地上的金雀花镀上金色，幼嫩的欧洲蕨开始着上片片绿装，这实在令人雀跃。接着，轮生叶欧石楠突然披上深玫瑰色，日光下，那色彩之华美，就是在旧式大教堂的窗户上都难找到与它匹配的颜色。当这壮观景色开始转为赤褐色，欧石楠温柔的银紫晶色为荒野高耸的肩脊盖上了斗篷，这完美的色泽能与夏日的树林或八月的碧空相媲美。对色彩爱好者来说，这个组合简直是无与伦比的，似乎一个人的灵魂还不足以包容它的全貌。同时，看着我们后面这大片的飞燕草，我们觉得自己可以为这纯粹的狂喜高歌一曲儿，或者——静默地——像洛基或者邦尼一样安然在草地上打滚。

长期以来，洛基的祖父母商讨着要建一个周末小屋。租用他人的房子度过一个又一个夏天，付出劳力（对洛基的祖母来说，这事儿也不是一点愉悦的刺激也没有）拉出家具，收起家庭合照和最上等的艺术品，再找一个好好安置个人物品的陌生地方，我们已经对此感到厌烦。尽管某次我们惊讶又惊悚地发现这些安置在大厅的橡木箱里的珍宝大多数都长毛了，我们也厌倦了再去操心如何让所有事物都回归到它们

原始的质朴状态，以及如何把放大的照片和糟糕的油画重新挂回墙上，这也着实是项乏陈无味的工作。在另一幅油画上的是我们厌恶的女地主，她盘着维多利亚中期的发髻，带着点那个时期的驼背，鼻子上有道不管多厚重的亚麻籽油都掩盖不了的划痕。我们总是憎恨女地主……尽管我们更憎恨那些租用我们房子的房客。

因此每年夏末，我们总会精打细算下，看看要拥有自己的小房子该需要多大花费。终于，我们将这些计划和向往付诸行动。洛基的祖父从那个位于我们心仪街区的酒店调查了一圈，回来后告诉洛基的祖母他刚参观了一个有趣的小房子，他在阳台那儿“看见了她”——这是他的原话——祖母对此疑云满腹。于是便驶下小山坡去见识下他口中的发现，我们就真的在小路边下了车，由一道形同虚设的大门步入一个极陡的小院子，她在小房子粗糙粉刷的白墙上发现了绿色斑点。这时祖母的怀疑便转升为嘲讽，对那柱子和美丽门廊视而不见，那条狭窄的入口过道饱受她的嫌弃。虽然她不情愿地承认客厅或许别有洞天，但直到我们真正站在阳台上时，她这种先入为主的偏见才泯灭。那片沼泽地的升降起伏的距离是如此惊人的近，宛如这个房子还有阳台就与小山坡接壤，栖息在山谷巨大的凹陷处。这幅景象美得令她窒息。一位画家朋友第一次看到此景时给出了如下评价：“这简直太突然了！”在很长一段时间里，甚至在我们已搬入这个怪异又迷人的地方后，这种“突然”也总会涌上心头。

我们似乎仍不能理解为何有人会离开这天堂——这个位于萨里高地的意大利式“别墅”也不是轻易就能寻到的。

不过，毕竟它也是在我们买下它后才成了一幢别墅。此前它也不过是座小山坡边的白房子。这片房子全是耕地，在某一小块土地上，石楠、金雀花、野蔷薇还有欧洲蕨恣意生长在郁郁葱葱的松木和冬青之间。庭院摆脱了阴湿，现在它宽敞平坦，岸边的一排高耸的杉木正好成了围墙。我们给它安了一扇翠绿的大门，还初次照着意大利风格为它植上了三棵哨兵式的柏树。

至于那块低地——如今是园林保留地——曾是丢掷碎玻璃、陶片和易拉罐的垃圾场（还有丛生的杂草和茅草），如今已彻底改头换面了。尤其在今年，除了花草带、苹果树棚和整洁的小草坪走道，我们还在质朴的木质屏风之间植了一个玫瑰园，这些屏风在繁茂可人的光叶玫瑰丛中会格外耀眼。

我们在丛林最繁密处清出了几条美丽的小路。一条两边都植满了修长松木的林荫大道从山顶一贯而下，它的一边是我们邻居的毛莨地，另一边是我们的林中空地，种着风铃草和山楂树。这地儿曾是个闭塞的灌木丛，如今若是要回想起它起初的样子，可真是要有惊人的想象力。

这房子的变化也不小。如之前所说，这个白色的萨里小屋历经了些奇特和近乎自然的过程，已变成了一座迷人的意大利式别墅。当然，一些结构的改变是必要的。

进入红瓦大厅后（曾是食品贮藏室！），透过最深处阳台的一扇玻璃门可以看到一个小男孩赤身站在柏树丛中，挣扎地握着他的鱼，你或许马上就能联想到菲耶索莱或是贝洛斯瓜尔多[1]，但远处的沼泽地却把你拉回了现实。穿过其余几扇玻璃门就能进入内厅，直奔眼帘的是一尊巨型德拉罗比亚雕像，慈祥的圣母玛利亚屈膝背对着由几片可爱的青云点缀的碧空。

① 菲耶索莱与贝洛斯瓜尔多都为意大利小镇。

透过清一色的金橙色的客厅门，你可以看见形状迥异的阴影。为建造两间新侧厅，我们雇了一个苏格兰建筑工人，他表示“这个设计相当迷人”。就我们自己而言，每每走进这个侧厅，我们的心田就暖意浮动，那儿有块特意晕染的金色地毯。我们打算把墙刷成橙红色，在配置更昂贵的窗帘时，的确是困难重重。从罗马购得的那把复古V形靠椅，其坐垫和靠背的材质都是棕色压花皮革，如同旧封皮一般。一个黄色大理石餐具柜也是在那儿觅得的，镀金雕刻的桌腿上方是个铸铜吉安·博洛娜，这种典雅又创意的摆设是我们在别处从未见到的。在这房间里还有一套美观却沉闷的固定式橡木家具，它的橱柜、水平壁炉饰架和书柜将一整堵墙都装扮得满满当当。如今经过抛光，它褪去了沉闷，披上亮泽。于是，在打开门的那一刹那，意大利风情即刻涌进了这个萨里小白房。不过在客厅里，这个房子的魅力才发挥到极致。跨过门槛，眼前如此宝贵的罗马装饰让我们的脑海重新萦绕起无尽的欢愉。它与快乐的往昔和旧事物有着千丝万缕的联系。我们在尼科西亚广场的一家镀金工人的店里淘到了那扇雕刻与镀金都极其精致华美的洛可可式屏风。那个围炉——贝尼尼[①]的真迹，曾为祭坛式造像的框架——如今在它坚固的椭圆内嵌着窗格玻璃，或许某座破碎的圣母玛利亚像曾把她七零八落的心置于此处。镀金工人是在一些旧别墅和废弃教堂里得到这些东西的。他的铺子确实是值得一逛，由于最近刚去了罗马，洛基的“大姑妈”自然在那里缴了很多手续费。在十一月的某个淫雨连绵、雾色灰白的午后，她持着一封意大利学者家庭给的指引信，与她兰开郡的女佣在旧广场上闲荡，那个时辰，那儿所有喧闹的小屋似乎都折叠在一起，挤在罗马烟紫的暮色中。镀金工人的商品在幽暗的光线中若隐若现，它们以头定时击打着在门口悬荡的圆环，朝圣者们则开始在成堆的瓦砾碎石中踏上一条坎坷之路。

镀金工人坐在一群小天使中，一边修补着一只胖嘟嘟的小

① 乔凡尼·洛伦佐·贝尼尼（1598—1680），意大利雕塑家、建筑家、画家。早期杰出的巴洛克艺术家，17 世纪最伟大的艺术大师。

天使，一边欢快地哼着小曲儿，只有他的纸帽子露在外头。听闻脚步声，他才从一个大椭圆形的空镜子里探出头来，漫不经心地望着参观者。浏览的游客们不时被掉下来的框架、教堂烛台及宗教物品砸到。

在游客被绊倒了五次还是六次后，他才晃晃悠悠地从天使堆中走开，去给游客赔个不是，但是兴致丝毫未损。

“抱歉，抱歉！”他笑着捡起一个破碎的翅膀和一小片莨苕叶。“抱歉！”再一次。“啊哈！还有一封信！”

这嘹亮的笑声伴着嘶吼让墙都震颤起来，一个脏兮兮的小海胆顺着梯子从头顶的某个阁楼上滚了下来。它一头扎进一堆俯卧的门徒雕像中，并弹出了一个带铁钉的小棒。镀金工人把一个蜡烛插在钉子上，点了火，在那道近得吓人，快烧着他胡须的火焰旁，他展开了信封。

“啊哈！这封信是从洛基别墅那儿的名望家族寄来的！”他动作夸张地摘下了帽子，握在手里。“请问因格莱塞阁下近况如何？是亲爱的小姐屈尊给我写了这封信吗？我简直太开心，开心了。那夫人呢？她也很好吧？太棒了！希望她能再次光临罗马，但请不要本月来。”他在鼻前摇了摇手指作为警告，“四月好。春天的罗马环境宜人，就如夫人般美丽。那么，夫人这次想要什么？支架，还是小天使？——瞧瞧这个。”

他指了指天花板下那对如神龙般突出的奇异器物，“什么？还不够好看？啊呀！抱歉！这古老美丽的东西是在阿布鲁齐[1]的一座城堡里发现的，在罗马可找不到这样的宝贝。”他折断了本来小幅度摇曳的蜡烛，拿着那东西在自己头顶打转，墙壁上明暗交织。

“它们就是为贵族家庭量身定制的，”那个镀金工人说着，便戴上帽子，摆出一副收场的神气，“她说五十里拉[2]——那四十里拉给她了！”

当洛基的姑妈意识到这笔交易快结束时，她想要给自己买点东西，于是她拿起一个复古小框，挤出她唯一知道的一个意大利词：

“四十？”

出人意料的是，镀金工人把价格降到了二十五里拉，这诱人的价格一下子让店里熙熙攘攘的。那位准顾客想要以这个价格买下，而镀金工人却会错了意，大喊着表示海运不会使任何商品受损。兰开郡的女佣讲不出对应商品的英国名字。最后，镀金工人冲到角落去请一位朋友，拜上帝所赐，这位朋友是个语言天才。他上气不接下气地回来了，身边带着一个拄着拐杖、蹒跚褴褛的人。

“太棒了！”镀金工人舒了口气，大喊道。

“女士，这位先生是罗马所有艺术家的朋友！他懂英语、

① 意大利中部一地区，濒临亚得里亚海。大部分为山区，包括亚平宁山脉的最高峰——科诺峰。

② 意大利货币单位。

法语、德语，他无所不知！”

随后他做了个正式的介绍：“吉斯皮·伦索先生，一位伟大、博学多识的人。这位尊贵的女士，是从我宝贵的顾客卡斯泰利家族那儿来的。”

那位披裘带索之人挥手摘下破帽，露出眼睛和蓄了三个礼拜的胡子，他用意大利语感叹道：“现在是一年四季最舒适的天气。”

“但不如春季美丽。”镀金工人兴致高昂地说。洛基的姑妈也欠了欠身，笑着低语道：“哦！不，不，我的意思是春天更美。”她觉得自己在他人如此恭敬的礼貌前表现得极其粗野失态，便重新拾起她的画框，看上去有些无助。翻译立刻办起了正事，他用流利却奇怪的英语弄清了她的意愿，然后将这些信息传达给了镀金工人，其中掺杂了大量肢体语言，镀金工人拍拍自己的胖额头，深感懊悔地喊道：“好吧，原来如此！”最终，他将那个小天使分派给了最后一个差使，让后者去找一个开放式的小马车。将画框仔细包裹好后，那位衣着破旧的人一拐一拐地走向广场，镀金工人脱帽站在那里，祈祷女士们能安全抵达英国，并且能够尽快再来罗马。

这也难怪镀金工人会为我们祈祷。萨里维利诺的那间客厅里主要的家具都是从他那儿选购的，其中有威尼斯的椅子，大型哥尔多尼单人沙发，还有两个锈金色的橱柜。那个悬挂式橱

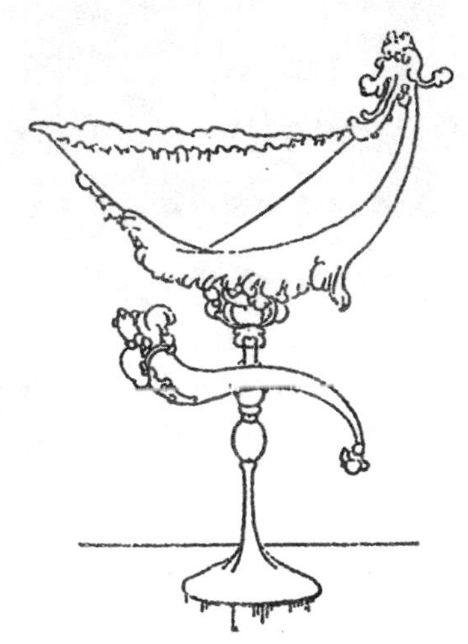

柜上摆满了威尼斯玻璃杯，这是从一个拥挤、实惠的大商场淘来的，这个商场位于一条维克托·伊曼纽尔[①]统治下，其貌不扬的现代街道上（简直不敢相信，这种地方竟完好无损地保存着这些转瞬即逝的可爱的气泡、流动的曲线和一触即破的幻想）。

墙的一侧是一个怅惘的约翰，他斜着头从金色的背景往下望，看上去虔诚、伤感又老实，还带着点早期西爱那人的简朴和忠诚。墙的另一侧是“锡耶纳的圣伯纳迪诺”[②]和“圣安

① 维克托·伊曼纽尔（1820—1878），意大利统一后的第一个国王。

② 锡耶纳的圣伯纳迪诺是意大利的一位传教士，改革家及经济学家。

东尼纳斯”[1]，虽然圣伯纳迪诺的脸画得不准确，不过却很少有画能展现比这更神圣慈祥的光辉。这两位文雅的人位于波莉海妮娅雕像正上方……哦！还有那个在巴别诺路附近昏暗处发现的锡耶纳制品！真是上天保佑啊，我们在罗马停留了四个月，竟在临走前的最后一个星期发现了它，我们那会儿正资源匮乏。

此外，我们乡村新住宅的狭小并不会限制我们继续购买。另一个“圣母玛利亚”像立在玫瑰色窗帘后的狭窄窗户上。

没错，这儿有大量的“圣母玛利亚”。这地方显然弥漫着罗马天主教的气息。在我们搬入后不久，一位年岁已高的智者踉踉跄跄地走向我们，丝毫不掩饰他脸上的不悦。即使他仓促的辞别并没有直白地表明他的厌恶，我们也不难读出他的心思。看着他疑惑地盯着马略尔卡陶器小雕像，我们（或许带着点恶意）告诉他这是“圣母巴多”。接着我们就听到他那声还没咽下的“哼”。

“您没想到会以如此高龄在国外发现这种迷信吧，”我们礼貌地低语道，“我们很依附这些旧时代的东西——一些人出于信仰，一些人纯粹出于对美丽过去的爱。这是个不足？或者说这是个奇怪的房子，你应该这么觉得吧？我们还不至于蠢到猜不透你在想什么！当然，你想要村子另一头的那个小平房。

---

① 圣安东尼纳斯（1389—1459），佛罗伦萨总主教。

是啊，路德维格索恩夫人是每个人的梦中情人。她是一个完完全全不同的人，一个社会主义者、理想主义者及妇女参政主义者。从参政上看，她自信地在空中挥动着她的右手。这是一个多么乐观能干的女性啊！这儿有些伦琴射线的图，在大厅里，你会看到更多启发人心的德拉罗比亚赤陶器。哦，你会和她相处得很融洽，虽然我对她所知甚少。”其实，想起那次也是唯一的一次会面，我们就会愁颜赧色，因为那天我们这方是如此的失礼。于是她开始争辩并立刻让我们进退两难。“灵魂？”她抗声道，不客气地打断了一个轻率的观点，“灵魂？世上没

这东西。我是不信。证明一下，”她喊道，“证明给我看看我的灵魂！”

可怜的女士，这我们怎么能证明？这不能证明——别墅绝不是个能出高级评论家的地方，因为有这位女士在。我们并不是理性主义者，只是喜爱旧的朴素的东西罢了。渴望自在随性的生活，享受这份神赐的、美好的平静。

第三章

在开始有自己的花园后，我们迫不及待地想要经营它。我们期盼着花坛里的花会如魔术般蓬勃绽放。

在开始有自己的花园后，我们迫不及待地想要经营它。我们期盼着花坛里的花会如魔术般蓬勃绽放。由于六月里没有幼苗，我们便疯狂地订购了盆栽植物，不过投入与产出的失衡令我们大失所望。然而，花园像是个老师，时而讨喜，时而狡猾至极。它善良地把美德灌输给我们——耐心、信任、希望、温柔、感恩、顺从，这些都是如小花或是草本植物般美丽脆弱的东西，虽打了杀虫剂，它们腐败的味道却带着一丝甜蜜。

如今，我们甚至开始学着对冬季准备阶段的花坛感到愉悦与欣慰，作为虔诚的信徒，我们能预测到它春天姹紫嫣红

的模样。在那个新的荷兰小花园里，勿忘我的叶子密密麻麻地铺满两个长花坛，其两旁是修剪过的覆盆子树篱。在三月末，五彩缤纷、芬芳馥郁的青瓷色风信子的绿鼻子便开始蓬勃生长起来。

这里的冬天暖和得很。另一个花园启示是幼年期过多的宠爱必然会导致青年时期的放肆，最后不可避免地在枯萎中被冷落。

当风信子衰败时，勿忘我便会为那不悦目的景致盖上一层不声张的美丽。（我们提过花园的慈善教育了吗？）达尔文郁金香已探出了绿色的尖脑袋，再逐渐从淡紫色、玫瑰色变成深紫色，直至杯状花灿烂地绽放，它们宛若一小块会呼吸的宝石，在日光下晶莹剔透。

荷兰花园两边围绕着修剪过的黄色篱笆，一扇朴素的拱门将其分割开，六月后，粉色多萝西就在上面自由绽放。倚靠着树篱的是两块朝南的花坛，上面种满了深红色和正红色的玫瑰，春日里，郁金香和南芥菜镶布其间。诺曼德·勒瓦瓦瑟尔将黄褐色的花团绽放。北边阳台的砖墙有达尔文郁金香花丛相伴左右，砖瓦将其与拱门隔开。房子下侧朝西的花坛也植有郁金香和一块勿忘我，边缘围着南芥菜。书房的窗口下那片蔓延到外墙土地上的是“凡尔赛荣耀”——梨山茶。还有随处可见的郁金香及勿忘我热烈绽放。

一件事情让我们成功引起了耐心和蔼的亚当的注意，那就是：我们“无法忍受光秃秃的土地”。我们的鳞茎长得很近，却也不至于伤到彼此。我们的壁花，即使在当前依然竞相绽放！

上层砖砌的平台前绕着一圈花坛，等待着四季的召唤（又在道德表上加上了温顺、守信两个品质）。在辛金斯女士的厚围墙后，有两排番红花，一排托马斯莫尔郁金香，一小篱笆的红白花蔷薇，还有一簇圣母百合。

墙的顶端间隔摆着插满了勿忘我的康普顿花瓶，不一会儿就将累累的风信子推到了沼泽边。当下那儿开着黄色小火炬般的金叶花柏，亚当说刚种下这花时，他认为它们看起来“很孤独”，我们却认为它们站在翠绿的苔藓中很耀眼，在连绵雄伟的深沉山脉映衬下，也有一种典雅的高贵。

第四章

这就是在洛基别墅里的小事儿，这里的动物和人奇怪得令人捉摸不透，他们简单愉快地生活在一起。

之前我们是否提到我们无论如何都希望天狼星把苏姗收去？呜呼！可怜的小苏姗，她最终安息在橡树沼泽地里的一个原始、显眼的墓中，坟头长着六株鳞茎花。我们希望在那儿放一块花岗石，上面刻着“爱狗苏姗之墓”。我们已经竭尽全力去救这个可怜、温和、有耐心的小生命了。在最后一刻，她仍用她的小爪子盲目地搜寻着她的主人。

朱维诺因此沮丧不振，我们不知如何是好。不过，我们想到一个令人欣喜的主意：从附近的一个杂物出售处那儿买一只高地小猎犬。贝婷（所以她的名字没有一点本地色彩）这个可怜的小宝贝刚来时灰不溜秋的，还有点怕生，但维利诺洛基的氛围给她带来了巨大的变化，她现在已经完全是个淘气鬼、厚脸皮了。家主说她像是从巴黎来的，“报童”才是唯一适合她的名字。腼腆胆怯的日子显然已一去不复返。她竖起耳朵，不以为然地敞开嘴，显示她对权威的藐视，这种态度和神情只能用“嘟

嘟，嘟嘟”这样的声音，抑或是法国人称“Pied-de-nez”（意为“嗤之以鼻”）这样的姿态来描述。

其他小狗们起初极其地排斥这个苏姗的代替品，甚至连阿拉贝拉都凶恶地撇了撇嘴，挥了挥她的长毛爪。不过如今，他们已经宽宏大量地接受了这个新同伴。洛基对此没有异议，除非她进入了洛基眼中专属于他的地盘，比如那间外祖父的房间。那个月不但带走了朱维诺那只猎狐犬温和谦卑的生命，还带来一个悲恸的消息：英国失去了一位最英勇的儿子。他是我们家的一位朋友，我相信洛基的某个品质让他在很长一段时间里都记得这事儿——在幼年的一个夏日，那个南极英雄像个孩童般和他玩了整整一个小时的捉迷藏。洛基家族也铭记着这段他们如此珍惜的友谊，他们随身携带着那张传神的相片，上面那个人有张刚毅的棕色脸，那双蓝色眼眸既带着孩童般的纯净，且又饱含远见。这个世界充斥着不可一世的人，他们不是为非作歹就是百无一用。而这个已伟业在握却仍志存高远的人却比任何人都谦逊，他焦急地激励他人勇往直前，自己却留在幕后。我们中有人请他为一本自传书作序，他以他的风格写下这溢美之词：

你的朋友们手忙脚乱，
用钢钩扣住了他们的灵魂……

听完我们便大笑不止（虽这风靡当时的矫情现下已不足为怪），对他说："这听起来简直让人起鸡皮疙瘩了！"

他抬起蓝色的双眼，打着趣儿地抗议道："你们这样让我对自己无药可救的浪漫羞愧难当呐。"

事实上，感到羞愧的是我们。

"我们深信，"我们便回复道，"你在某地有个好朋友。"

“没错，”他说，“一位举世无双的朋友。”

我们很高兴那段友谊能一直陪他走到生命终点。在南极考察队遭遇厄运前寄给我们的最后几封信中，我们又看到了他的致敬词。“鄙人的卑辞俚语，”他写道，“远不足以描述他的形象。”

在我们小杏仁树长成初年还未开花的时候，这些鸟儿们就把它的花蕾吃得一个不剩。这些忘恩负义的小坏蛋！别墅的主

人亲自去看了数不胜数的鸟池和饮水盘。在我们的厨师金·爱尔莎的帮助下（她和我们一样喜爱这些小毛绒动物），朱维诺为他们提供了猪油馅可可坚果和几满篮的面包碎屑。老猫汤姆在厨娘宽容的规矩下活得很自在，为了表达他的感激之情，每晚都会陪着她庄严地从厨房的楼梯走向卧室。出于礼貌，她也同样庄重地送他下楼，按他的要求，在长沙发上为他铺好一张棕纸。

风信子从它们的绿头罩里冒出了头，摇摆着蓝色的铃铛。但我们的西伯利亚绵枣儿似乎让我们失望了，它们一点也不喜欢萨里高地上的沙土。雪花莲也对我们不言不语，除非我们为它准备了花坛。口红水仙在某年开了花后完全销声匿迹。我们试着在收拾好的林地里种植圆叶风铃草，但不是很确定是否能成功。今年林地里种了一带粉色的山楂花，一直延伸到一大簇种在山谷底部的白色杜鹃花那儿。然而，此消彼长，至少印度杜鹃还有亚洲杜鹃开得旺盛。年复一年，我们在这个平滑的斜坡上栽了更多的印度杜鹃。

阳台下方，有一条被莫利斯杜鹃环绕的“半圆形”小道，尽管它们前年秋季才落土，但去年五月已经开得绚烂。一个礼拜前，在二月的第二个星期，这个半圆小道还是块种着藏红花的小仙境。我们还依旧盼着西伯利亚绵枣儿能够围绕在杏仁树边。一道粗糙的墙一直顶到上层平台，多萝西蔷薇在这上方渐

渐地疯狂摆动起它的可爱花朵。黄玫瑰攀缘而上去与多萝西会面，在灌木丛中名贵娇小的粉色月季前，是我们正在培育的薰衣草，不过年复一年，还未等它们长得茁壮，霜降就把它们压垮了。

尽管我们的墙顶花园也令人快心遂意，但隔壁村庄的某个小屋上也有这样一个花园，每次看到它，我们就妒火燃烧。其

主人是两位年轻的女士，我们称呼她俩为双胞胎安和双胞胎丽莎。她俩长得极其相似，（我们听说）她们自己都分不清彼此。她们的身形都是圆滚滚的，某只眼睛迷离地倾斜，红润面庞笑吟吟的，扎着同样顺滑的灰色辫子。

传言一个爱尔兰的女仆曾观察过年轻时的家主，她疯狂地盯着他渐远的背影，完全沉醉于他的猎人装束："他虽是个迷人的绅士。但腿却是个败笔！"（实际上，洛基的祖父有双好腿。）然而，路人们却更容易看到双胞胎安和双胞胎丽莎姐妹，她们穿着短小朴素的粗花呢上衣，弯着发福的身子在围墙花园里劳作。日本有句话叫做"沉默是真正的艺术"。我们也一直向往这种艺术境界，但是看着两个近乎完全一致的人肩并肩，竟也有些触动！

再扯远一下：路基的祖父绝对是个身材比例完美的人，他毫无肥胖之感，但却像运动员那样担心脂肪上身。

某次我们被滞留在爱尔兰路边的一个小车站，那儿甚至没有长凳，但他却开始在一个自动秤上测试体重借以打发时间。那个指示针转动的幅度比他预计的大多了！他站在那儿，呆若木鸡地望着指针，这时身边一个围着头巾，抱着小男孩的老妇人突然高声赞美起他来：

“亲爱的先生！您可真强壮啊！愿上帝保佑您能越来越强壮！”

“看在上帝的分上，”洛基的祖父大喊道，惶恐地原地打转，“别说这样的话！”

“当然不行，我的先生，快看看他，”说着，她摇了摇怀中的小男孩，“你再也看不到比这更完美的绅士了。你想要一个这样的爸爸吧？”

接着她又发出了一声赞美，希望梦想成真。

他俩的情感都发自肺腑，一个真心祝福，另一个真被这诅咒吓坏了，而洛基的祖母则坐在行李箱上淡淡地笑了笑。

去年春天，别墅的主人经历了件愉快的事儿。前些阵子还在冬天的时候，他偶遇了一个正沿山跋涉的老清洁工，那人的日子看起来过得很艰辛。清洁工的兴趣爱好广泛，他们便讨论了诸多事情。谈起了旧时光里的那片沼泽还有那个为它创作了赞歌的博学教授，之后《科学》杂志上便刊登了相关文章，谈到在高地上的冬季，矮树林已如何春意萌动。清洁工人知道一个小山谷，那儿的樱草花总是早于其他地方一个月盛放。不像华兹华斯笔下那可恶的彼得，他很中意樱草花，前者让我想起切尔西花园那个退休老头对洛基的小女主人说的花言巧语。那个老头带着他那年纪特有的孩子般的兴奋，把她引到自家土地上，指着一株在风中摇曳的黄色番红花，“快看呐，小姐！”他喊道，“它顽皮得像只小猫。”

在二月末某个阴冷的清晨，不知具体何时，有人将这只小箱子放在了门厅。一个女佣先发现了它，并及时把它和信一起交给了家主。显然那盒子最近装过酚皂。盒子里塞满了苔藓，上面仔细地盖着红树莓的叶子，里头是一束系着红色羊毛的樱草花，还附了首“诗”：

苔藓和桅杆下，

尽管天气潮湿寒冷，
我成功地仰起头，
在这索赛克斯的山地下。

于是，这封信以樱草花为名，急速、直白地将清洁工人的品性展现出来：

今日我顺道路过，
短暂停留并为您摘了些樱草花，
以证明我没有忘记，
我们曾经畅谈过。

到这里，他的灵感遇到了点瓶颈，其结尾却依然是喜悦如故：

望您健硕硬朗，
现在我必须说，
星星，
敬上。

反面则是一个可爱的附言：

也许您的手指更加灵活，
可以把这花摊开。
我的手指相当笨拙，
大而苍老。
愿您心情愉悦，
延年益寿。

这就是在洛基别墅里的小事儿，这里的动物和人奇怪得令人捉摸不透，他们简单愉快地生活在一起。

第五章

例如，人生是一个常伴左右的书友，其中最打动我的文章是那些某年读过当下又重遇的，它们带回了某个令人心头一颤的陈年往事。

顺着山丘背面一条宜人的生命之路而下（法语中将我们生命的后半段称之为“sur le retour”[①]，多么形象啊），回忆开始渐渐占据生活，抱负随之减少。未来的日子，不管它会如何平和坦荡，都会自然而然地退居到窄角。它更像是一个即刻下达的指令，主要是关于希冀和下一季的计划。同时，随着回忆的范围变得宽广，往事恒定持续地浮现眼前。

我相信一切有思维能力的生物都是如此（比如洛基他那沉溺于缅怀往事的祖父）。

一个人愈来愈偏好没精打采地沉思，这种对于白日梦的喜爱说明他的年迫日索，在花甲之年对此类“怀旧”还有捕捉旧回忆的习惯也是欲罢不能，而“对未来的憧憬”以及对纷繁尘世的热情却低迷不振。

例如，人生是一个常伴左右的书友，其中最打动我的文章是那些某年读过当下又重遇的，它们带回了某个令人心头一颤的陈年往事。那时的记忆清晰敏锐，这件事或许并不如此触动心弦，然而此刻，却又带着一种它特有的暗香重生。冬季漫长的黑夜能够提供最充实的阅读时间。若是坐在柴火旁阅读，恰巧是一年中的最冷一日，正好安栖于舒适的扶手椅，任台灯的光束静谧地洒遍肩膀，为何？因为这样易于长时间神游。壁炉内的花火迸溅着独特的纯净和强烈渴望。在镇上，这么一个霜

① 意为“返程”。

冻的夜晚注定寒气逼人。不过在我们这儿的乡村小山坡上，尽管冬季已算是结束，它的气息却仍未消散。霜降的夜晚免不了勾起我们对花园前景的担忧。

作为一个实际上对花匠的“艺术和神秘”一无所知的人，我对此兴趣不浓。当然，我对荷兰花园里那汁液充沛、饱满芬

芳的风信子花坛的第一次展览还是满怀期待的。不知怎么地，荷兰花园似乎更属于我那边的别墅——事实上是我的一个研究地区，在锦簇的勿忘我上方有一排在微风中摇头晃脑的娇艳郁金香。这是一场春季的年度盛宴，是博学的夫人们特地为了祖父在别墅居住费心安排的。不过，我觉得我的兴趣在于普通的安排，并不在于细节，也不在于方式或者方法。我期待每个季节的鼎盛时期里都能有可喜的成就，但我极少参与他们的计划。我策划无方，商议中也无人询问我的意见。我总是满怀感激地享用成果，或许这一个家主在这年的事务中还能做得更糟。在关于种植的问题上，我只主动提议过两次，并且这两次都是在很早很早之前。

我们有各类攀爬植物，且数量繁多。其中当然有常春藤、茉莉花和金银花，还有一种寿命不长却艳丽的花，我觉得它应该叫做维吉尼亚胡椒藤。但有一个植物，我必须得指出来，那就是年幼时那簇芬芳无比的蓝色野大豆，它的学名是藤萝。

同时，我们也有各种馥郁的植物，醋栗、肉桂和黏性水犀花。其他种类呢？潜伏在路口用它们浓郁的香味拦下你的脚步，更不用说河畔的杜鹃花了，但这些细腻的馨香属于中世纪。这个时代清晰鲜活的记忆全是关于野玫瑰的。那么，现在谈谈两个本土生物（它们可以说是为了洛基的祖父而存在的），其一是在百合小道的尽头的野蔷薇丛，其二是在祖父书房墙上最隐蔽的角落里，那依然娇嫩却势头旺盛的紫藤。

在这个霜降的夜晚，我担心起了那些幼嫩朝气的紫藤花。去年，我们有近二十株紫藤花，我们盼望它能在即将到来的春天（你会察觉到这是一个已经被弃用的古法语单词，因为春天是不请自来的！）盎然生长。随着欢乐逐渐增添，对紫藤的期盼带我回到日益清晰的过去，因此，我被唤起的回忆是我在法国度过的童年。

这本书就这么躺在我膝盖上，棕色的海泡石烟斗在手中冷却下来。我的眼神游离在那堆烧红了的柴木中，现在它穿回到半个世纪前，在壁炉中那块古老铜铸背板上仍依稀可辨“1636年”，岁月渺远与陌生……我在一个乡村的农舍里，它位于曾叫作“大巴黎地区”的省里面（我厌恶你们现代的住房政权），它离芒特不远，芒特全名为芒特拉若利，它是一个坐落在澄澈的塞纳河上游的精巧小镇。

由于身体虚弱，那个英国小男孩（在幼年时期也快成了法国人）就在那儿住了几乎一整年。这个美丽的老地方一年四季都满溢着香甜的味道：草料、谷物、水果，还有时时都精力充沛的奶牛和春季爬满了紫藤花的房屋。就像迷恋牛奶、水果以及野兽那样，这个爱花的小男孩恋上了这甜美的紫藤花。

我无法解释为何那妖艳的植物会在这样的乡村小角落落脚。一般来说，法国的农户并不迷恋于种花的乐趣。在那遥远的日子里，紫藤依然是个稀有物种。而如今，在这个它最强韧的时候，它环抱着古墙，迫使纤维状的枝条深入玄武石的每一道裂隙，镶上每一扇窗户，奋力爬上烟囱，让每一丝空气都弥漫着蜂蜜般的甜蜜。

要达到如此庞大的枝叶体系，至少得四十载吧。

英国男孩那年才四岁，这是他的初恋。他让每个感官都尽情享受着紫藤花。从日出到日落，他从花萼上拔下些蓝色花冠，不停地吮吸它们的底座，得益于这浓郁的甜味，它们还有个高卢名：Glycine。只要一得空，男孩就四处奔跑，去饱览那淡绿淡紫的盛宴，呼吸那香甜的味道，入迷地倾听日光下采蜜匠永不停歇的嗡嗡叫声。清晨，他从那张带脚轮的小床上溜出来，第一件想做的事便是过去把他的手掌覆在紫藤花枝条那晶莹剔透的露珠上，那些藤条从四面八方攀到屋顶间的窗户上。

如你所见，好似所有的初恋一般，这个爱恋也是疯狂的。我还记得，在小男孩被迫搬回巴黎的时候，他是如何带着孩童稚嫩的方言，满怀期待地纠缠着他母亲问："妈妈，我们啥时候再回去呀？"却总得到一个含糊却安慰的回复：

"快了……快了。"

这个"快了"简直就是永远不会降临的"未来"！

如同所有初恋，这次被全然忘记的初恋会在多年后重上心头，只不过历经岁月，已然干枯泛黄。多年来，一株紫藤虽攀爬至南方房屋的屋檐，对我而言，它仅是一株紫藤。它是一种蔓生植物，仅此而已。直至我自己有了蔓草丛生的墙后，它们才成了"Glycine"。接着，它带着完美恋人的万丈光芒重返我的脑海，这正应了那句法语中的老话"在回来的路上"。

因此，如今在洛基别墅，我们的墙只供紫藤使用，尤其是我的墙，我让它环抱我的南窗，伸入我的折扇窗。那份飘逸的东方式美丽首次来到西方世界，私下里，我会把它当作高卢紫藤。尽管我可能会向沉醉其中的游客介绍她最为熟知的名字：

紫藤，但我也有个随时准备好的托词，因为我从《花语》上看到它独特的花语：来吧，亲爱的陌生人！看在往日的情分上，我大量种植了这花。不过，这是不是意味着洛基在他的乡居假期里将离开他的中国朋友？

第六章

多么奇怪啊，我们如此轻易地忘却晚年一些更重要的场景，却深刻记得旧日子里的某些点点滴滴！

多么奇怪啊，我们如此轻易地忘却晚年一些更重要的场景，却深刻记得旧日子里的某些点点滴滴！可以这么说，在尘封的灰色书页上，那个用蔓藤装饰的旧农场依旧清晰如画。我仍能回想起那个地上落满苹果的果园，还有那个牛栏，日落时，那群目光柔和、爱幻想的奶牛会优哉游哉地逛回那里，那棵硕大的核桃树，它的某条骨干枝给一个暴风夜的闪电劈断了，那晚的“落下的雷电”可真是吓人（这是小男孩次日清晨听工人讲的，他完全震惊了，不过那夜他在棕瓦的屋顶下睡得可安稳

了）……我还能看见那个公共烤炉，也就是协同烤面包机，虽然是中世纪留下来的旧东西，在那时候却依然很常见。当烤箱敞开大门迎接面包时，你会看到一个令人神魂颠倒的画面——黄色的外火焰内摇曳着蓝色的火心，炙烤后的火热小麦壳让空气中飘溢着神圣的味道……

对了，正是在那个诱人的地方——每次摸索着过去烧烤的

地方——他听到了一个言论，这在年幼的他看来没什么特殊意义的话却被存在了记忆胶囊里，等待着发酵成有趣的故事。乡亲们都十分友善。恢复健康后，这个英国小男孩去了父亲佩尔蒂埃有名的农场，他成为了那儿的其中一员。就如所有闲逛的小狗一样，他几乎每次散步到一个大门敞开的村庄时，总有人慷慨地让他呷上口牛奶，或是给他涂果酱的葡萄，若正当旺季，还有烤苹果。

棕色烤苹果满溢着焦糖汁，是那个旧式村庄的传统。然而就在那天，有一个愚昧的旅行者与这片乡村景致格格不入，也就是这个光着脚的黄发小男孩，他正严肃地盯着燃烧的火炉。

“这个男孩是谁？”那男人问道。有人回答他：“他啊——咋啦，他就是那个‘该死的’小上帝！”这就是那个天真的男孩的名字。说明一下，这个称呼充满着真诚与慈爱！无疑，这些优秀的人们口中的“该死的”绝非他们语言中的那个意思。对他们而言，这只是个现有英语的对应词。

这词并非秽语，而是一个有五百年历史的名词——从英国占领法国时开始算起。在有关那个动荡年代的书面记载中，许多地方显示有人曾听到如法军总司令盖斯林、圣女贞德或杜诺瓦这样的人都曾愤恨地说过“该死的”或是“该死的英格兰”。如今，所有在维克桑、法兰西岛及博斯的肥沃土地——其中我的老父亲佩尔蒂埃的那块富饶土地就是个如此美好的代表——都是英国人顽强拼搏了一个世纪的黄金时期夺下的。芒特拉若利——

现主要以河床、甜水葡萄和咸味的玛特洛特或者鳗鱼炖菜而闻名遐迩——曾是一个英法两军来回争抢的重要堡垒，但最终由塔博特舒兹伯利伯爵（法国人称他为英国的“阿基琉斯”[①]）于

① 阿基琉斯，古希腊神话传说中的英雄，荷马史诗《伊利亚特》中参加特洛伊战争的一个半神英雄，希腊联军第一勇士。

1418年夺下，并且被“该死的”强守三十余年。的确，这个字眼仅作为名词被如此疯狂地使用与过往有关。

我所说的这些童年回忆，就像异常清晰的老画面从沉睡的灰雾中零星浮现。另一回忆现以同样的方式从遥远往事的云层中分离出来。故事发生在那个夏天。紫藤的香味无疑仍弥漫四周，再一次从路易十五美丽房子上的环形铁阳台瞭望圣克劳德的公园，浅银绿色的叶丛有条不紊地在眼前铺展开来，其间还四处点缀着一簇簇浅蓝。然而，我对圣克劳德愉快日子的印象却与野玫瑰的芬芳息息相关。

发生了什么——我停下来愤慨地质问道——这个世界的野玫瑰去哪儿了？那朵纯正的白玫瑰，它那神圣又迷人的清香在哪儿消失的？不可否认，它花朵那转瞬即逝的精致和沁人心脾的叶香是如此的诱人。幼年时经过某个甜白玫瑰的隐蔽花丛，一阵芬芳将好心情带入鼻腔，至此之后，我再也没有体味过这种快乐。

这个第一印象是关于圣克劳德某些绿草茸茸的小径，它们深入到旧世界大公园或是森林中去，那儿是上世纪六十年代我最喜欢的游乐场。（尽管在我看来这仅是“头衔”，这过去一个世纪的记忆与祖父的地位却有极其契合之处。）

我看见草地上那个陶醉于捕捉蓝色蝴蝶的五岁男孩，他一下子就被锈红野玫瑰的香味吸引了，这浓郁的味道让一只雪达犬停下脚步，静止不动，它听到了松鸡跑过的风声——这阵阵香气的源头藏于令人望而生畏的荆棘中。此外，这条小径横七竖八的，它仿佛无处不在。就似某个极挑逗的定位器，忽上忽下，忽左忽右，忽而向前，忽而似乎要掉头，直到小男孩被搞得晕头转向，并最终放弃战斗，闷闷不乐地和看护一起快步跑回家。

连续几天，这美妙的香吻一直残留在他的小朝天鼻腔里。就像在后来萌芽的成年期一样，它让这个敏感的小脑袋里萦绕着某张迷人的脸，这张脸这一秒浮现眼前，下一秒又消失不见。他最后向他母亲袒露了这种绝望的热情。他解释道，它闻起来像甜品盘上的梨果，但是却好闻得多！明确道出了这植物的本质，它刚吐出了难以捉摸的香味。“斑皮苹果”成为了林地艳姬的代名词，而在更曲折的小路中寻找斑皮苹果灌丛也成了日常活动。这些探险与另一次初识联系在一起，给我留下了异常深刻的印象。

在一条如天堂般草木葱郁的小道尽头，有一大丛矮林的青枝绿叶，当风从某个方向吹来时（现在可以说是从西边），一阵怡人的香气从小道涌来，这个气味不会难闻。那条小道通往加尔舍[①]，八年后在巴黎沦陷时，那里因为某场极其凶残的刺刀大战沦为臭名昭著之地。毫无疑问，那儿的丛林间有大量令人向往的“斑皮苹果”。

不过，令看护、母亲抑或是其他每日陪同男孩保健散步的人有点小诧异的是，这个男孩对揭开那特殊的掩盖兴致寡淡。对于在这个宽广的小径上展开调查或游戏，他却很机灵（确切

① 加尔舍是法国法兰西岛大区上塞纳省的一个市镇，属于楠泰尔区加尔舍县。

地说，是狡猾）。他总会找些似是而非的理由，千方百计地避开这条加尔舍的小道。我相信，没人知晓其缘由。

事实上，在小男孩的眼中，一群高大修长的白杨树站得如哨兵般笔直，它们的表现不止像一棵树。突然，他意识到某天嗅到过这香味，他便向他的灌木丛飞扑过去。

原本平和浅绿的白杨树们一下子兴奋得连身子都变白了，相互点头示意。随后它们的叶子沙沙作响，这并不是叶片间的摩擦声，而是嘲笑声。听起来像个古怪的人，仿佛在嘲笑这不合时宜的侵略者。

请注意白杨树和它颤抖着的细长叶茎（四处受风的叶片背面刹那从全绿转为泡沫般的银白），它们的行为显然有点离奇。这些淘气古怪的叶子窸窸窣窣，完全慑服了路易斯（洛基祖父的洗礼名，现已弃用），尽管他萌芽的男性自尊让他把这神秘的厌恶深藏在自己的小身体里。

然而，某次，他想下定决心走过那片苍白又沙沙作响的树林，他又必须准备好（他并没有）来解释他厌恶白杨树的根本原因。他在想：究竟树为何会发出声音？“这大概是因为，”他故作轻松地补充道，“它们会嘲笑人！”

当他知道它们的名字叫“欧洲山杨”后，就开始沉浸在另一种不悦的思考中。每次背后的窃笑声传来，他便不由得回头，着迷地望了望。

微风拂过欧洲山杨时发出的声响是这树林中独一无二的。

我对欧洲山杨的兴趣一直从幼年保存至今。时过境迁，对它的惊恐转而由某种喜悦代替。我愿意花重金买一棵白杨树，把它种在离我卧室窗户不远的地方。醒来时就能听见窗外它温柔的笑声，或者说，知道它在黎明的光束中涂脂抹粉，这该有多好。但我们那边并没有白杨。若是为了那银色的光影和沙沙声而栽种一片白杨林，或许为时已晚！不过我似乎还能感知到它们，在那个暮春的圣克劳德。

第七章

在那些奇思妙想的日子里，总是能在暮光下发现彩虹。

这个圣克劳德的古老小镇多么可怜啊！后来几年，我花了一下午搜寻关于它的飘渺记忆。唉，就像曾经璀璨夺目的雕刻或画作，如今变得破旧不堪，或是褪成灰褐色。

被遗忘在回忆里的有华美的白色石宫、欢宴的场景和摄政王光彩照人的身姿，以及玛丽皇后的盛情款待、“十八世纪”的剧院和雏鹰早期的家！圣克劳德的城堡，也就是拿破仑三世的夏宫，已经被普鲁士人烧毁——正是在1870年，他们快把这小镇烧了个遍。[①]

早些年，几乎每天的德国的新闻上都会报道我们的士兵在南非战争中的“野蛮”行径，这真是无耻诽谤、恶意中伤。思绪荡到过去，我看到那片烧焦崎岖的残骸，它的背后是高耸的丘陵。在我寻找往昔安宁快乐的景色时，这个画面却冲击脑海。

我最后一次看到那个小镇时，它的老教堂已经被重建了，但失望的是，故宫仍是一片废墟。那个公园看起来焦乎乎的，空寂无人。最不幸的是，第欧根尼[②]的灯笼也一同消失了，这个古色古香的宝塔就坐落在河畔，建于路易十五在位时那些寻欢作乐的日子。（它被称为“瞭望台”，人们如今称之为“阳台”，这个词太糟糕了！）在它的顶端，可以瞭望到远处巴黎的壮观全景。

① 写于远早于有人期望近期能爆发另一场德国战争的时间。

② 第欧根尼（约公元前412—前324），古希腊哲学家。

朗泰讷河的周围是护士和士兵幽会、孩童嬉戏的绝佳场所。在那天追忆往昔的时候，我一直期待能再一次温柔地凝视它怪诞的形状。以下是一首似乎创作于中世纪的著名环舞曲：

这个塔，你要当心，
这个塔，你要当心，
当心它突然倒下来！

这曲子由高卢的儿童在一场比赛中演唱，有点类似我们的：“我们绕着桑树丛转啊转！”

过去，人们在塔的影子里跳舞。孩童时，我一直本能地把这民谣里的无名塔与这个和平的建筑联系在一起。

这个可爱的古塔真是太可惜了，我们的强烈反对也改变不了它注定要被夷平的命运！上面的瞭望台被占领，当做炮台，安置了一堆沉重的克虏伯大炮，因为对顽强首都的轰炸已经过去。第欧根尼灯笼的白石和清晰的轮廓以绿树为背景，这为对

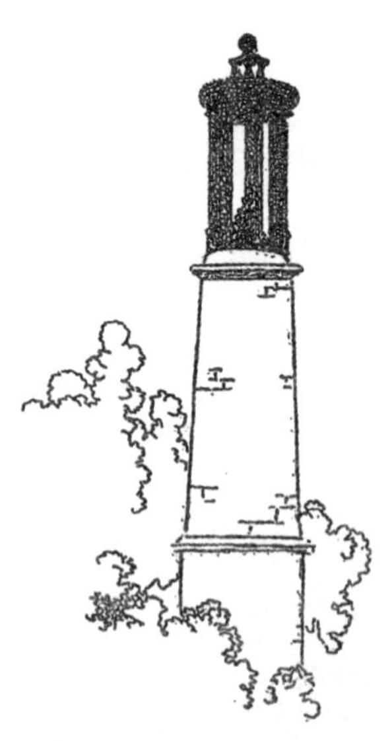

方炮手提供了过于明显的目标，使其易受到攻击。所以它只好被铲平，也再没有重建过，除了它底座上绿草环绕的石板，我还未发现其他与它相关的东西……

在我看来，同样损失的还有斑皮苹果和白杨树那独特的香味，毫无疑问，还有某些现在横穿公园的碎石汽车道。

然而，在路易十六的指令下，勒博特尔[①]为奥尔良公爵未来住所的荣耀而建造的格朗德大瀑布现在仍在那儿。它白色的石阶梯（在有壮丽喷泉的那些日子里，水常猛烈却有序地倾泻至此）的两边是安有栏杆的对称小道，还有几列如卫兵和侍从般站立在皇家阶梯上的寓言雕像，其周围是浓荫郁郁的大榆树。这大花园设计者如此充分地理解了慷慨的流水它那维系生命的美德。

在这儿，这个旧公园曾有片近乎野生的森林，在它的纯天然的美景中，这瀑布自高卢时起就展现了惊人的效果。尽管的确有些不协调，但这些石头建筑的人工性已趋向柔和。相较于凡尔赛的原型以及矗立在其他州的复制品，这些巨大的溪流蕴含着无与伦比的美丽。从那个时代的风格来看，这个勒博特尔是个巧匠，但他的思维里也有那个时代的奴性和谄媚。在圣克劳德公园声名大噪的第三天，偏见和嫉妒便夺走了他的性命，

① 皮埃尔·勒博特尔（1659—1744），法国雕塑家，17—18世纪多产的艺术家之一。

因为在偏好芒萨尔[1]作品的国王看来，他其余的一些设计已经过时了！对，死于嫉妒，甚至如让·拉辛[2]这般伟大的人，听了他君主在气头上说的一些尖言尖语，也在多年后绝望地离

① 路易十四时代的两个建筑师，分别是叔公弗朗索瓦·芒萨尔（1598—1666）和侄孙朱尔斯·阿杜安·芒萨尔（1646—1708），前者创造了芒萨尔屋顶，后者修建了凡尔赛宫。

② 让·拉辛（1639—1699），法国剧作家，与高乃依和莫里哀合称十七世纪最伟大的三位法国剧作家。

开了人世。还有餐厅领班瓦岱勒，耻于在一场尚蒂伊盛宴上的失常发挥而染上的人生污点，选择拔剑自刎。

哦，至少这些旧瀑布还在那儿，它们曾让一个五岁的小男孩对大自然至高无上的壮观美景充满幻想。还有巨型喷气式飞机，它喷出的气体能够达到的高度是……等一下，为何必须用有限的数字来描述这些惊为奇观的现象？在那些奇思妙想的日子里，总是能在暮光下发现彩虹。不过，对于渴盼重历往昔的中年游客来说，那些喧闹的喜悦，那种璀璨和缤纷都被锁在记忆的匣子里！那昔日的皇家公园——现为国家财产，每一寸土地都有人定期造访，它还有一句自负且虚假的座右铭：自由、平等、友爱，枯燥又乏味，无人理睬，寂静又阴郁。帝王墓的奢华似乎实在令人唏嘘。这一整个地方——这个古树林里的人造公园——都是令人伤感的事物。

然而在这里，在萨里山岭的一边，我坐在炉火边的沙发上，依然可以清晰地回忆起在法兰西第二帝国时期那段无忧无虑却不安定的日子里，在圣克劳德度过的夏日生活。

欧仁妮皇后[①] 住在宫殿里，她当时还是位年轻的妻子，是那时欧洲最美丽的人之一。虽然那时公园对外开放，却有精心的护理来维持它的干净整洁。道路上铺满砂砾，草坪有系统化

① 欧仁妮·德·蒙蒂若（1826—1920），法兰西第二帝国皇帝拿破仑三世的妻子。

的修建和灌溉，花坛甚至比花朵更锃亮，这与如今破败不堪的模样大相径庭，实在令人唏嘘。将一生的经历重新翻阅，我似乎又望见了那生动的场景，它印刻在童年那双善于观察、无比渴望的眼睛里。那群衣着鲜艳的女士头戴优雅的户外软帽，穿着硬布裙子，一群孩子同样喜悦喧闹，那帮行军的年轻人用芦笛轻哼着那年的流行乐，人群疯狂涌上每个“售货亭”，那里有刚从模子里拿出来的热威化饼和冰爽的柠檬汁，拿到之后便一哄而散。那端庄却贪食的天鹅在大湖里享用着掷来的食物，头戴亮色绸带的奶妈抱着婴儿蹲坐在环形长椅上，周围播放着进行曲，无处不在的大胡子工兵在与人调情，还有那些紧系着皮带、英气十足的军官，他们的小胡子打了蜡，金色肩章来回晃动。

卫兵们在大门前庄严地来回走动，或者纹丝不动地杵在那里。没人希望看见一个退伍的榴弹兵团会穿戴着高耸的铜色熊皮和白色的交叉皮带，以营造一种“老近卫军”的期待效果。或者是浓胡的骑兵、基准兵，他们戴着插着根摇摆羽毛的高顶长毛军帽，披着皮制长外衣，挂着老鹰刺绣的佩囊，摆出一副拿破仑（真的那位）贴身保镖式的严肃神情。

的确，这整个地方都弥漫着一种“完全”统一的比勒陀利亚气息，为了供养那些长期服务的专业士兵，帝国政府对另一个正在衰败的国家军队喊停，这惨败的军队尽管英勇善战，却注定会立刻被武装党卫队和精通残忍德国用兵术的人民军团消灭铲除！

从大败后那段极端功利的日子起，法国即为如此，那时候的人认为任何形式的聪明都与“共和高效似乎成为了一种狂热”不相容，要实现皇家守卫的金色荣耀并非易事。或许，在反战的日子里更匮乏的还有人们对于军事的崇拜。实际上，他们几乎同石瓮中的天竺葵或者橙色花盆中的金色禁果一样，照亮了晴日里的公园小道。

当局都很勤奋（这在圣克劳德这种地方尤其如此）以维系愉快的局面——彰显军人那种自豪和隆重的仪式。清晨，这个欢乐的小镇苏醒过来。正午和傍晚，这儿都会响起皇后龙骑兵极其愉悦的声音，她的号手是特地从四面八方来到这儿的，高泛音和谐美好地发出战争嘹亮的喇叭声和军号的短调讯号，其间还夹杂着普通电话那神圣肃穆的声音。在这迷人的曲子传到城堡街紫藤围绕的房子后，小男孩醒过来聆听，之后转了个身，心满意足地重返梦乡。以奥林匹克的主鼓打头，新生后卫的锣鼓孜孜不倦地摇摆转动着藤条，窗栏每日咯咯作响，在盛典中，那个宫殿守护者登上了山岭。锣鼓一直把同一批人群带到同一个门阶，从未失过手。在往返巴黎的途中，通信员每小时都会“哒哒”地穿过狭窄的石板路，金光闪闪，完全的官员式气派，无疑，他们渴望万事太平，如此便可以不被呼来唤去。

从此人们学着将所有的色彩、喧嚣、令人愉快的虚构力量，以及“传统”等这些典型事物与他们以及高山上的帝国联系起来。但对于那些还未找到的人来说，它也有诱人一面，透过历史的棱镜展望，你会发现恐怕再也难觅像现代法国这种经历系统化民主的国家。

第八章

我们思考的轨迹就像那些漫谈一般曲折又出其不意，没有指导理念就无法专注于一个永恒的话题！

我们思考的轨迹就像那些漫谈一般曲折又出其不意，没有指导理念就无法专注于一个永恒的话题！这个话题应为“我们那多愁善感的花园”。即便牵强，我们也真应该把闲聊和植物或者风景串联起来，以及乡村生活和好友（或是敌人），还有似乎被流动的生命唤醒的情绪或者回忆。能回到那个正确的话题已足够令人欣慰，正如我当下的思绪也可用标题概括。

对那些较晚才来乡村生活的人来说，他们最大的兴趣仿佛就是去发现早期那些简单亲密的乐趣，以及唤起自己久远的回忆。

没记错的话，让－雅克·卢梭[①]的自传中有一个章节就阐述了这个观点。我还未读过《忏悔录》，毫无疑问，在这本悲观的自传中记录了轶事，的确，这个过于格格不入的作家只在这本书里记录过这些事。（已经见怪不怪了，待在乡村时，我想要做参考的书总是在我伦敦住所的书架上，反之，亦是如此。）所以我在这儿无法准确地复述原文，但这并无大碍。故事大致是这样的：

青年时期的让－雅克极其敏感。某天，他和他心爱的人在乡野漫步。在公园或树林的某处，他正沉浸在二人世界的窃喜中，突然，那位女士喊道："看，那有一株长春花！"

"的确是。"年轻人回应道，他并无心饱览这外部世界的美丽，只是出神地盯着这个淡蓝紫渐变的花朵。"那么，那就是长春花咯？"说完，他又回到被打断的窃喜中。

但之后——很久以后，在他暮年时，他又听到有人说："看，一株长春花！"

① 让－雅克·卢梭（1712—1778），法国18世纪伟大的启蒙思想家、哲学家、教育家、文学家，18世纪法国大革命的思想先驱。

卢梭，现在的老让－雅克，对这种表现出来的，令人难以置信的敏感大为吃惊。

“在哪，在哪？”他大声叫唤着跪下找花，泪眼婆娑。如之前所说，如果我叙述得不太准确，这并无大碍，重要的是故事所讲的道理。虽然那个敏感的年纪（感谢命运！）早已远去，那画面却阐述了某些永恒的真谛。

“长春花”这个词却突然以一种痛苦又亲密的方式，让这个成熟的哲人忆起那场青涩的初恋。那是曾经拥有过的火焰呐！

我们深信，那声从永不复返的世界传来的回音本应以一种不可控的方式影响那些阴郁自私的恶人。我斗胆认为，我们越不敏感，就越难被某个遗忘已久却突然浮现的年少记忆触动，以唤起一个多么瞬息万变的梦幻情绪：忧喜参半。

现在，对家主来说——他很感激自己能意识到这一点——早年回忆中那种对花的喜爱，这些事情并非与叛逆时期

男子无常的爱恋，或是那时迅猛生长的胡子有关，而是关于少年时丰富多彩的内心世界。它们带回丁香和洋槐这些年少玩伴的颜色和味道，还有平凡的壁花丁香、紫罗兰、戟叶堇和樱草，以及法语里的“报春花、蜀葵花抑或是玫瑰蜀葵、幽谷丁香、铃兰……”这些是我印象最深刻的古法语名字。

或许，由于童年几乎都在法国度过，以及之后彻底的隔绝，这个生于英国长于法国的小男孩最终获准回到他的故地，所有的记忆似乎被尘封在一个梦幻的世界里，日后的生活和兴趣全无关系。再者，在童年，还有那段看起来同样温柔的日子里，它们留下了自己专属的诱惑。早已逝去的日子并不受那些苦痛、悔恨，或是暴烈经历的桎梏！

早期的记忆宛如艺术品：它们能让那些本身或许不美丽的美好事物不朽。一个平静如水的脑袋在潜意识中对它们进行甄选，从而让一切达到一种微妙的和谐。

在它储存的画里，孩提记忆与那种成年后思辨能力下的记忆迥然不同。这种对于“陈年旧事”的莫名执念（还有其他因素）使它们成为老人宝贵的独家记忆。

诚如我所说，就我自己而言，它们所属的世界比大多数如“祖父”地位的人的童年还要久远——似乎没有语言能将那个世界与现下联系起来！

或许这就是为什么我乐此不疲地寻找这些愉快芬芳的事

物，它们如今以英国身份在我的花园里成长、生活。对于洛基别墅的其他居民来说，它们是聚集在我们花园的最佳陪伴之一。于我而言，它们在很多方面都是我的知己。我们似乎“一起成长”，虽尽是琐碎点滴，却能在日常交流中愉快地回忆起来。

第九章

以丁香和洋槐为例，它们曾是德勒克吕兹学堂绿荫操场上唯一的花。

以丁香和洋槐为例，它们曾是德勒克吕兹学堂绿荫操场上唯一的花。在这个轻松的旧式学校，我接受了启蒙教育，当时它坐落在郊区圣奥诺雷街[①]的偏远地区，正对巴黎爱丽舍宫。为了挪位置给现代高楼，它早已不复存在。这个旧学堂，或者说预备学校似乎历史久远，很可能要追溯到路易十三在位时，

① 圣奥诺雷街是巴黎位于塞纳河北岸的一条著名大道，位于卢浮宫的北侧，巴黎皇宫的南侧。

那时这偏远郊区的北边一定还全是草地和果园。

顺便一提，我从没想过要如此权威地查阅这些琐碎的地理知识，不过现在我做了。我手边有临摹品，它完美的原作是一本关于“19世纪30年代”巴黎的“远景”地图册。它名为“蒂尔戈[1]计划”，在路易十六的指令和一位有名的官员的统筹下，这作品是经前期调研，按奢华风格雕刻而成的。这本书在我所

① 蒂尔戈（1727—1781），法国政治家、经济学家，曾任路易十六财政总监，推行改革。

知的同类图书中算是最出彩的——我认为我看过的这类书绝不少于世人。（若要看个清晰，最快速的观察方法便是鸟瞰爱丁堡，这是大约一个世纪前由罗塞梅[①]的詹姆斯·戈登规定，弗雷德里克·德维特[②]于阿姆斯特丹雕刻的。）这个蒂尔戈计划确实是一项精工细作的工程——这是一本达 20 多页的大地图册，所有大大小小的房子都以真实面貌展现于此。若有这样的杰作来刻画我们乔治时代的伦敦，那该有多好！

调查的话……对，这儿有果园和商品菜园，从房屋后窄线的最末端开始，全面覆盖了如今的石板街。这里是埃夫勒酒店，位于西边一排气派大厦的末端有蒙巴酒店、沙罗斯酒店、杜拉斯酒店……这些酒店都有自己布置井然的公园，一直往南延伸到巴黎香榭丽舍大街，然而却很少有酒店堂皇富丽的面貌能完好无损地保存至我们的时代。然而，大革命[③]的飓风过后，法国大家族的名号现在大多都去了哪儿？

不过，根据我们的地图……对，这个埃夫勒酒店——曾经是蓬帕杜夫人[④]的封地，如今它是爱丽舍宫，是共和国快速更

① 罗塞梅，苏格兰东北部的一个内陆小村庄。

② 弗雷德里克·德维特（1629/1630—1706），一个丹麦制图员和艺术家，专业刻画与售卖地图。

③ 指法国大革命，爆发于 1789 年 7 月 14 日，统治法国多个世纪的波旁王朝统治下的君主制在三年内土崩瓦解。

④ 蓬帕杜夫人（1721—1764），法国国王路易十五的著名情妇、社交名媛，凭借自己的才色影响到路易十五的统治和法国的艺术。

变的总统们的住所，它此刻在我的指尖之下。

它的位置无疑是固定的，朝西二百码左右便是现已不复存在的德勒克吕兹学堂，那儿曾如此吸引我。这里是果园，它片刻前的存在毕竟只是猜测。我的发现又为这片肥沃土地的记忆添补了细节……古老的水果地上种着大量古老的果树。我可以凭想象，以最有趣传统的方式让雕刻家把它刻画出来。它坐落在南边临街的空地后面，有约一英亩，或许还要多一点，又或许少一点，这样的回忆有与现实不符的效果。它的周围是又高又厚却破败的灰色围墙。诚然，这些树也历经了岁月的蹉跎与落寞，但它们却是愉快的陪伴，无论是在雪天或是骄阳下，它们都提供了稀疏的荫蔽。我还要谈谈那儿的梅子树，树干上的粗糙树皮总能蒸馏出一种棕色的树胶，我们渴望有大量树胶可供享用。只要一发现，就不停地用不锈钢笔笔尖的残余部分把它舀出来。

之前提过的丁香丛和洋槐丛零星点缀在这些被遗忘的果园残迹里。洋槐高大而独立，但触碰丁香花的惩罚条规却很严格，这些敢于拔下芬芳花簇的年轻学生，将要面临被罚作业或者被罚站的悲惨后果。

因此，丁香曾一度被视为一个危险的形象，至少是个“禁忌”，同时，又常年撩人心怀。许久之后，人们才意识到丁香并不是稀有珍贵的花朵，自然也不是个无法逾越的禁忌。实际上，丁香，或粉或白，是法国的春季里最普遍的春景之一。也许因为它的人气之高，全国各地都将它视为回春的象征。就如我们苍白脆弱的樱草花预示着即将冬逝。

樱草花的古法语名为“primerole”，暗示它的词源与一年活力的“prime（鼎盛时期）”有关。我们通过最常用的音标适应变化法（通过一个已存在的词创造一个听起来与其相似的词）造出了“primrose”这个词。所以那个古法语中的樱草花就成为了我们语言中的“幼年的玫瑰”！法国人将用方言中的“Coucou（意为报春的布谷鸟）”来指代报春花，象征春天的到来。

这个名字一下子让人想起那几句著名的诗句：

哦，报春花，年轻人的年纪！
哦，年轻人，报春花的生活！

然而在法国，全盛时期公认的先兆并不是脆弱的樱草花，而是我们的丁香——欧丁香，这乐观却不起眼的花，就似高贵的玫瑰：

苍白的樱草花，是少女早期的灵床，
哦，欢乐！玫瑰万岁，
玫瑰……丁香花！

近一两个世纪以来，它始终如山楂树般在村野蓬勃生长，不过，它或许是镇里最受欢迎的花。在淡紫色花朵的盛开期间，无论一户家庭的地位如何卑微，都会在窗台或者壁炉上摆放一枝插在水瓶中的丁香花。清晨，春风满面的女工或者女店员走在街上时，总会把她一天中的第一笔花费用来买一枝甜蜜的粉色花朵。

当专注于其他事物时，人们可能会不经意间学到许多相关联的事物，即使是普通如“勒萝”的东西。（这是乔治时期和维多利亚早期收集旧信封的装置，出于我们对它名字发音的偏爱，它曾一度风靡。）它的果实中含有一种有价值的退烧“成分”，做车床的精密制品，尤其是做镶嵌材料时，就大量需要它这种颜色舒适、纹理细密的木头，它蒸馏出来的香味几乎与罗德香脂无异。

然而，这些并不是我们在自家那多愁善感的花园栽种一两株“勒萝”最主要的原因。（当然，如上所述，它们在那个有遮阳挡雨的小角落做得很好。）真正的原因是生活中的某个日益增长的动机——为了老交情。波斯丁香对园丁意义重大，它完全不能代替白丁香或是粉丁香！

第十章

在这个全是小男孩的学校，它们似乎被当成是投掷的靶子，因此沦为被操场上的小鹅卵石精确瞄准的射击对象。

至于在那个旧院子里的洋槐，它们是极其异域的生物，是与早衰的果树（可触知的大地之子）作伴的贵族——我仍不清楚它们是如何到这儿来的。在这个全是小男孩的学校，它们似乎被当成是投掷的靶子，因此沦为被操场上的小鹅卵石精确瞄准的射击对象。这个深受年幼学生喜爱（但不被学校认可）的游戏，是在洋槐花盛放的日子里，以最少数量的鹅卵石把某一朵芬芳细腻的花从高处射落。

他们以这个游戏为赌注，输者需要支付钢笔尖。在土著语言中，钢笔尖被称为“becs-de-plume”，它是流通的法定货币。若是知道了这些法国小学的孩子们是如何确立的这种奇特流通方式，那可真是要令人捧腹大笑了。不管怎么说，这种规矩因为“男孩的记忆不会倒流”的传统而变得神圣。

不过，当芬芳扑鼻、甜蜜四溢的淡黄花朵败落时，这洋槐树成了另一个稍有不同的游戏的射击目标。在每小时固定的十分钟内，这些男孩能从桌椅的监禁中解放出来（这个值得褒奖的规定适用于七到十岁的学生），在此期间，院子会像鸟笼一样喧闹。这个的休息间隔实在太短，无法开展任何自在的游戏，最受喜爱的一个游戏是“guirlande（意为花带）”，即用提前在家制成的彩纸长带子来装饰高处的树枝。小心翼翼地将这些约二十或三十英尺长的花带缠上一个大小适宜的石头，并留下短短的一节作为尾巴，下一步将这个装置以抛物线的轨迹投到树顶。若这个曲线射击成功，它的尾部会被树叶钩住，之后解开剩余部分，再释放投掷石。当然，最成功的射击莫过于恰如其分地将其缠在树枝的最顶端。每个男孩都有机会选择心仪的颜色，或者是混色。只要天公作美，战利品就留在那儿，“以它的本能”来炫耀他的成就。清晨到校时，还能看见锦旗在微风中飞舞，这给这个年幼的小心灵带来了不言而喻的满足感。

这就是联想法的力量，我之前从未想到要在匈牙利（这儿的洋槐和法国的白杨一样普遍）炎热的平原上建一个路边种植园，也从未想过没有用小学彩带装饰的高速公路会有多么平淡。

德勒克吕兹学堂里的洋槐或许是有人无心种下的，而我们院子正中间那棵高大的白杨树可有一段可靠的历史。从大革命至今，已历经八十载风雨的它现正处于生命的盛年，还有其余几百棵树与它一同被栽种，作为自由之树的白杨，是下层阶级地位的象征，而那时的皇家巴士底狱，一种暴政的象征则热度不高。

不过，令人费解的是，象征民主的白杨承受住了数次的政权变动。兴许这是政治偏见的结果，在法国，这种典型的偏见甚至影响到了小学生的思想。或许这个老白杨树还是一个叫做“piquet（意为墙角）”的纪律处分的地点，这个操场相当于我们的“托儿角”。

时隔多年，我才开始回望这个场景，而此时白杨、黏性的李子树、丁香和洋槐，甚至院子还有整个学校都已然消失，而我也步入中年。最近我读到一部悲伤却莫名让我心头一颤的作品——《彼得·艾伯逊》，它是乔治·杜穆里埃[①]在生命最后一个秋季里写的三本小说中的第一部，也是我至今读到过的最好一部。多年来，每周有成千上万个人享受着这个《笨拙周刊》艺术家的诙谐文笔，这本书赢得了读者的广泛喜爱，这为第二部小说《翠尔比》的巨大成功铺平了道路。家主是它的忠实读者，但我怀疑我们的居民是否也会对它感兴趣。读过那本奇怪原著的人（如同许多作家一样，他的第一本小说也是自传——是根据情感撰写的自传，也许不完全贴近实际情况）或许记录下了他对那个英国男孩早期“法国生活”的描写，还有男孩成年后重游童年操场时心中泛起的汹涌情绪。杜穆里埃小说男主人公的童年和我竟有如此多的相似之处。这些熟悉的人与物曾给我留下了许多印象，然而流年似水，如今他们已从我的脑海褪去，从现实中消失，与当下平淡无奇的观念格格不入。再者，他们的样子如此令人动容，无疑，那一刹那我下定了想要重游故地的决心。

这样的欲望是一种百转千回的饥饿感——法语中为“une-fringale（意为饿得发慌）”，说来奇怪，我们竟然找不到相

① 乔治·杜穆里埃（1834—1896），是英国著名漫画家和小说家，他创作了三部影响都很大的小说：《彼得·艾伯逊》（*Peter Ibbetson*）、《翠尔比》（*Trilby*）、《火星人》（*The Martian*）。

匹配的英语词汇。不过，可惜再也无法去体验过去愉快的日子了！或许只能在稍纵即逝的模糊影像中窥探几眼吧。世事更迭，斗转星移。多年后，当你怀着无限的温存，重返那个萦绕心头的故地，不知你们是否发现，这次重游除了让你失望透顶之外，还会让往日的光辉荡然无存，让回忆的魔力支离破碎。这个梦也消散了。它以后再也不会爬上你的枕头，你已用新的视角审视这些往昔的幻影。新的画面也已替代了那梦里的旧景——直到永远。

我们这些玩世不恭的小孩将这所学校恭敬地称呼为“德勒克吕兹”，但却差别对待其他地方，比如圣克劳德，它注定只能带来伤感与失望，经不起世俗眼光的审视——它最小的遗迹都不行。毫无疑问，出于那个原因，那所教育的摇篮虽已被遗忘，许多关于它的记忆却依然以清晰明媚的姿态重返脑海。

第十一章

或许我认为这敏感性过于奇怪，在千奇百怪的环境中，一个人遇到那些令人或愉快或冷漠的气味时，是否会停下来回想起某种过去的特殊时期？

一根发红的木条从某个固定位置滚下来落到壁炉里，随即整个房间弥漫起木烟，源头是雾蓝色的，白烟缭绕。那股呛鼻的味道瞬间掀起一串崭新的昔日情景。

人们常说，唯有香水才能够如此迅猛生动地唤起一段旧回忆。不过我想知道，在气味不消散的情况下，人们一般是否能注意到这种对第一印象的执念？或许我认为这敏感性过于奇怪，在千奇百怪的环境中，一个人遇到那些令人或愉快或冷漠的气味时，是否会停下来回想起某种过去的特殊时期？例如，烘焙咖啡的醇香——这种香味在英国并不常闻到——会嗖地一下让你童年在某个异乡时的经历重现。清晨，你漫步在一个你已叫不出名字的佛兰德小镇。在这儿，正当你沿街闲荡时，你几乎能在每一户门阶前闻到这浓郁的香味。

一家的男孩或者主妇本人在一层火炭上小心翻转着那黑色圆柱形

家庭焙烤炉，炉里浆果悦耳地咯咯作响。当咖啡豆被炙烤至最佳状态，它清澄细腻的天蓝色烟雾将让你的眼睛和鼻子共享一场感官的盛宴。也难怪，过了这么些年，即使是远处传来的一阵烘焙味也能瞬间让人忆起那幅生动的画面。然而，这种日常香味的精华，比如汽油的气味，或是橘子剥开时的气味，竟仍能立马带我回到我在学校的时光。这实在令人费解。

或许，就汽油而言，这个联系没有那么强烈。直到摩托时代的到来——仅在二十年前，那尾气喷涌而出的“石油”（当时的称呼）味儿能使我们想起摩托奔驰时的画面。

现在，无论我何时想到这个气味，我的思绪总能飘回那个学校破旧的自习室里，在那儿我初次闻到了煤油灯的味道，这个味儿或许不健康但却极其迷人。在白昼较短的时节里，下午四点一过就有人把这些煤油灯拿进来，把它们悬挂在我们头顶的正上方——这个仪式象征着课程的最后一小时——直至煤油灯燃尽，我们才能下课。高年级的男孩自己走回附近的家，低年级的则由女佣或是侍者接回家，若是天气恶劣，焦急的父母们则会亲自坐着自家马车或出租马车来接。

从这条路的尽头往回望，就会发现那学校竟是个古雅之地！站在这儿，我就能嗅到它奇特的氛围看见那间又长又矮的奇怪教室，以及里面横跨天花板的光束。这面刷白的墙上贴着全彩的简单地图，还有一些生动图片，关于一个用于测量直线、体积、硬度、流动性以及国家货币的计量系统。教室里有六排桌椅，每排坐六个学生。有的学生正拿着钢笔尖在软得惊人的画本上画尖刻细长且具有时代仓促感的笔画，其他人正在（认真地或者装模作样地）朗读摘要章节。那些人嘴巴无声地一张一合，朗读着明天要背诵的一则拉封丹寓言，直到院内的时钟沙哑地敲了五下，他们才得以解放。引导员坐在高高的讲台前，手边有一个小油灯为他照明（并释放香味），前面是课本，据我现在看来，他是在臭美。因为他最在乎的是孜孜不倦地修理指甲，还有拔他卷曲的络腮胡，以及如何严肃正经地处理领口、领带、袖口（显然没扣对）……他猛地打了个哈欠，看了看表，合上盖，鸦雀无声的教室里便响起“啪”的一声，学生的写字声或翻书声不仅没打破寂静，反让它显得愈加明显。

《圣经》是一年级的初级读本，这本硬棉布包边的小书已被重新编排，合理删减，里面的真实故事异常吸引这些想象力丰富的小家伙们。在我看来，它读起来甚至比那些主打“小故事”的拉封丹寓言还有弗洛里安寓言更引人入胜。正如之后两年学习的两卷分别为《英语》和《希腊语》，同理它也称《圣书》。

若我能在码头的旧书亭找到一本，我愿意花重金买下它。然而，就其性质而言，最廉价的书是最不容易被再次倒卖的东西之一。

正是这本淡绿色封面的古怪小书让我首次真正体悟到故事的丰富体裁，比如牧歌、浪漫主义文学、田园诗以及悲剧。我们不能言之凿凿地说圣经故事涵盖了所有给我们留下深刻印象的神圣角色。但很难说是否我们所有晚年读的作品都会如此深刻受到《圣经》的影响，如关于麦尖中的路得①、利百加②和水壶、拉结③的诗，还有约瑟④和他兄弟的传奇故事，参孙⑤和大利拉⑥之间的悲剧以及耶利哥之战。或许这是一些没关联的故事，但对于男孩来说，最难忘的莫过于这些概述清晰、角色鲜明的故事了。时至今日，在田园风情的多塞特那刚收割完的金谷地上，仍能清楚地瞥见波阿斯和那台温和的收割机在炎炎秋日下劳作的幻影。一个少女站在泉水或者某口废弃满溢的井旁，对，甚至连贾金山和耶路撒冷这样冷门的地名，都能再次让人想起某些《圣经》的画面，朗读时那教室褐色的灯火伴着流动的空气，在我们躁动不安的脑袋上温柔地摇曳……还有那消散不去的汽油味！

---

① 《圣经》人物，一位平凡普通的摩押女子。

② 以撒的妻子，孪生兄弟以扫和雅各的母亲。

③ 拉班的女儿，雅各第一位妻子利亚的妹妹。

④ 雅各与拉结所生之子。

⑤ 圣经士师记中的一位犹太人士师，玛挪亚的儿子。

⑥ 参孙情妇，后参与计划使参孙失去神力。

第十二章

我突然想到，这些引人入胜的早期故事还与某些味觉的发展有关，人的一生中，并不是所有的食物都能合我们的口味。

我突然想到，这些引人入胜的早期故事还与某些味觉的发展有关，人的一生中，并不是所有的食物都能合我们的口味。其中，我想提下我对小扁豆的特殊情感——之后会延伸到其他。值得注意的是，在《圣经》钦定译本中，“um plat de lentilles（意为扁豆菜）”的对应词为“红豆汤”。如今，在红色酱料中（也放了美味的洋葱）煮过的扁豆是德雷克吕兹食堂的周五特供菜

（此外还有圣约翰鱼饼——“圣约翰”相当于我们中世纪的“咸鳕干”，或者盐鳕鱼），不过，根据某份与德雷克吕兹签订的特殊合同，这个注定要成为洛基别墅家主的小男孩可以享用一块大羊排，作为对他新教的让步。某次他紧张的父母很偶然地知道了斋戒日的食谱，这个安排就已定下来了。这样的让步似乎会让共进晚餐的年轻共和党人愤慨，如果不是纯粹出于教义因素，至少也和这种招人嫉妒的特权有关。心仪已久的半月一次的猪排却莫名给那个关于以扫[1]的寓言（以扫为了一碗红豆汤被其孪生兄弟雅各骗取了长子权）给搅黄了，红豆汤于是被赋予了一种近乎神秘的色彩。

美食带来的喜悦经常与自我暗示有关。不管怎样，在年轻的家主看来，周五的红豆汤是人们最渴望的食物之一。当侍者笑嘻嘻地把那吊人胃口的烧烤架安置在他眼前的木板上，右边那户邻居轻笑了一声，作为回应，他将一半他用所有零用钱买的生肉给了这位邻居，将剩余部分的一半也给了左手边的邻居。一块猪肉换两盘咸酱料，就餐桌上的乐趣而言，三方在这次交换中都各有所获。此外，它还切除了不悦谈话的根源。用一块肥美、异教的猪排换两个正统人士的绵薄之力已成为一个约定俗成的协议，必须要说的是，协议不仅要求保密，并且要不露声色地完成。

这个再分配的过程通常是在一个巨型大口水罐的遮盖下进行的。大口水罐是修道院遗留的一个家具，它是一个大壶子状、带铁环的木质装置，里面盛着一加仑多名为阿邦当斯的温性混合物（红酒和水的比例为1:4）。按理来说，这种饮品可以让你头脑清晰地做决定。

在长桌离主持人最远的一端举行的扁豆交易派对需要轮

① 以扫，圣经故事中希伯来族长，亚伯拉罕和撒拉之子。

流竞价，作为唯二我仍能叫出名字，在禁食日吃猪肉的邪恶浅薄之徒，那天你们在哪儿？你，维克多·德莫西，还经营着一家有名的店？还有你，纪尧姆·莫罗，一个更粗鄙的人，曾为我查字典——每查三个词换一支羽毛笔，这个工作实在令人厌恶。如果你们还活着，我敢打赌你们现在绝不会自愿点一碗红豆汤！

正如之前所说，另一个萦绕不去的“鼻子记忆”是橘子的气味。我对此感到很好奇。那晚是我第一次去剧场，在此之前，我肯定吃过好几次金苹果。然而，每当橘皮表层的小细胞爆破，释出香味时，我总是能瞬间想起那个令人异常兴奋的场景。那场剧名为《皮袜子》——根据费尼莫尔·库柏[①]的印第安人寓言《皮袜子故事集》改编而成。《皮袜子故事集》的那部分是由弗雷德里克·勒梅特拍摄的，他是早期浪漫主义情景剧的天才！那个剧院是疯狂的剧院，对任何熟悉巴黎舞台久远历史的人来说，它都极具影响力。我那时还不到八岁。显然在那时候，在幕间休息时吃橘子的习俗依然兴盛，并且比起他们的长辈，男孩们对此更为着迷。

这太奇怪了。众所周知，吃橘子有许多公认的方法：从优雅专业的日式切割（除去橘子所有的薄膜和种子），到“舀”果酱，有无糖都可，最后用“玛蒂法”直接吮吸。若是站在一侧，不管采用以上何种方法，我的感官都会为之震颤：剥开新鲜橘子皮，第一丝香气朝我扑面而来，我的思绪一下子回到某个与《皮袜子》有关的场景。某场戏的第一个戏剧情感是猎人的无声大笑，休伦在那虚弱遥远的战地呐喊，那激流猛进的树皮艇，枪的裂缝中透出营火的火光——诸如此类的。当然现在这只是一闪而过的画面，但有那么一两秒让人开始联想到半世

① 詹姆斯·费尼莫尔·库柏（1789—1851），美国作家。

纪前，那毫无关联的思想和完全无法唤起回忆的环境：站在沉寂的病床边，或挤在闷热的假日人潮中，甚至还有那与一位美丽邻居共度的甜点时刻，这位年轻的女士很享受晚宴，在结束时她感激地吃完了一整个飘香的橘子。

那个香味一次虽只弥留短短一秒却有这种神奇的力量。不过，橘子酱的味道却不蕴含有这样独特的记忆。至于视觉享受的中心，这就要看那六株盆栽树了，它们年复一年地拼命结着小果实，而这些果实注定只能成为别墅室内的意大利风装饰品。

如果橘子没那么平凡，人们准会对它大为赞叹！而现在，我们把它当做再普通不过的东西。但如果橘子从此不再唾手可得，这世界将多么可怜啊！同理还有柠檬！我曾听一位医生提过柠檬强大的治愈能力，如果每个柠檬要一几尼，那人们会将它视为珍宝吧！可悲的是，同样价值宝贵的柠檬皮也为人们所忽视，我们把它当一个无用的果皮一样丢弃。若是更多的人能认识到它果油的价值，我们就可免去好些莫名的消沉。我见识过无数例由一杯热柠檬汁治好的烧热。

柠檬的叶子似乎也有相似的用途。我听说，在南半球的国家，尤其是在拉丁美洲，那儿的干柠檬叶片比较多，它作为退烧药还有“茶”的代替品（准确地说，是花草茶）也有显著的功效。

若是这些大自然的礼物既名贵又珍奇，我们就会对它们心存感激，那谦逊却无价的洋葱呢？史蒂文森[1]在他的著作《鄂图王子》中提到“洋葱”：“它与松露和油桃一齐位列于百果之首。”（第一次读到这个说法时，我的满足感溢于言表。）

松露和油桃无疑是享誉蔬果界的食物，但我确信任何专业的美食家团体都会毫不犹豫地将低调的洋葱评为所有高级料理都不可或缺的食材。也有一些奇怪的人完全不承认洋葱与此有任何甚至微弱疏远的联系。无论从美感还是口味，他们把洋葱看作是纯粹令人反感的东西。还有一些人认为它与烟草一样令人难忍。然而，就算是烟草都有助于冥想和休息，谁又能否认这可口的洋葱没为那一小时的休养增添不可估量的动力？大范围来讲，若无洋葱则无佳肴。

一位烹饪大师曾改编了一句至理名言：“若世上没有洋葱，那就创造它。”

虽然洋葱甘于低调，满足于做配料，但它却是烹饪中最好的原汁，并且，它毫不含糊的活力会为最粗劣无味的食物注入无尽的魅力，让它们美味可口，无论它们是生的、腌过的、水煮的、油炸的或是酱过的。

一定是洋葱赤褐色的表皮让年幼的我先入为主地认为“红豆汤”这种食物具有极珍贵的价值。它无疑满足了我生活的口味。当然，“生理”感受（通常是全然的生理）在所有尘世的

---

① 罗伯特·路易斯·史蒂文森（1850—1894），19世纪后半叶英国伟大的小说家。代表作品有长篇小说《金银岛》《化身博士》《绑架》《卡特丽娜》等。

享受中扮演了重要角色。某些口味仅仅只是在特定的环境下才显得美味。在某个尘土飞扬、崎岖不平的卡斯蒂利亚[1]路边，从羊皮袋呷出一大口涩口的拉曼恰深葡萄酒，这将是多么纯粹的快乐。从未在偏远荒芜的山村吃过一块充满灰的面包、一满把盐及一个西班牙洋葱，提早停止斋戒的人，自然就不会知道这个多汁鳞茎植物的百般优点。

据称，就像与它有密切联系的大蒜一样，洋葱的医用价值也很显著。有人说它可以治疗失眠和吓人的犬热病，并有多种杀菌防腐功效。或许事实如此，这个珍贵植物能毫不费力地履行好职责，其

① 卡斯蒂利亚，曾是西班牙历史上的一个王国，由西班牙西北部的老卡斯蒂利亚和中部的新卡斯蒂利亚组成。

秘诀在于：它能为营养但味寡的食物增添风味。尽管较多事例可以证明它的性价比，但是没有什么比洋葱汤更直接的证明了，勤俭的法国家庭主妇立马就发现了传统的“菜汤”，这是在我们无肉不欢的日子里备受嫌弃的食物。

一次偶然的机会，我用一便士享用到了有生之年最美味的早餐，这个新菜式吸引我再次来到了旧巴黎的街道。

这是在我逗留法国的最后几天，当时的巴黎已从三年前德国的围攻及政府反叛者的噩梦中恢复过来。接下来的几个月，我将在英国开始新生活，尽管生活的某些方面依然沉重无比，不过这巨大转变后的前景还是令人欣喜的。

公立高中虽有高效的教学计划，最近却因支持某个英国老学究而惨遭抛弃。这位学究穷困潦倒却学富五车，他在蒙马特高地上有间临时的小屋，屋内几乎处处都塞满了书，真到了只能侧着身行走的地步。楼梯上无法安置书架，但两边却堆满了书卷，有现代的也有古代的，有破旧的也有包边精致的，学科丰富，只是空间受限，它们都不是很大。

哦，我亲爱的吉尔克里斯特先生，我有太多关于你的事情可以讲，你那敏锐的双眸、有力的鹰钩鼻（总是透着一些鄙夷）和飘逸的古稀之须，你教我用英国方式阅读经典文学，例如在数量方面。你拿着最廉价的学费，每天至少为我提供五小时的指导（有时更多），而之前讲定的却只有三小时！在那个古怪

且鼻烟味重的房间里，一个求知若渴的男孩及一个同样热切的老者，面对面地坐在两张直背靠椅上，时光飞逝。拉丁语和希腊语课程结束后，我们总是会到那如英国文人般神秘且深邃的森林里去，它们一个赛一个地精彩。尽管看似不可思议，我们的摘录却极其丰富，但对于把爱唠叨的热情老者留在山顶，而自己返回位于香榭丽舍大街下面的祖父家，对此应该更多地表示歉疚而非狂喜。

在巴黎的暮春初夏接替之时，年轻人有一种怪异的生活方式！的确，它饱含着对未来的乐观展望，但与此同时，也不乏对当下享乐的懊悔。时间的分配是很奇怪的，潜意识中，人们有点期待威利特先生的夏令时法案（法案中不太会有这样的条例）。在过渡时期，那个奇怪的男孩对时间的概念有了个古怪的转变。一方面，他下定决心要在开始英国的新生活前大量阅读消化新的东西，与此同时，他听说早晨一小时的学习抵过下午两小时（至于是哪个权威的话，现在讲已意义不大），于是他设定了一个疯狂的闹钟。每天凌晨四点四十五分，闹钟无情的铃声将他从梦乡惊醒。奇怪的是，他从未违抗过这个召唤。

这个反常完全出于自我强制和不必要的自律，其背后必然有一种中世纪的浪漫情怀……有人发现这个“勤勉的男孩”（圣路易斯极其热情地称赞道）在晨光熹微时就已醒来，潜心进行他的研究。

结束几个小时心无旁骛的学习后，他便开始去配送牛奶、咖啡、面包和粥，然后赶忙登上蒙马特高地，急躁的吉尔克里斯特先生正在等着他的学生八点准时出现在眼前。英国史是一个特别的知识点，法国公立中学的历史课对此粗略概括。但这个早起好学的男孩有幸读到了格林史学名著《英国人民的简史》，并为这本著作所倾倒。

第十三章

法国人把偷懒称作“逃学”——这是一个迷人的词，它让人想起灌木树篱和自由的绿色原野。

之前提到过，那时候这个男孩（如今他的思想偏中世纪）每天都成功按点起床。实际上，他总能睡足八小时的觉，这得益于他晚上九点就休息了——因为“宵禁”，但必须承认的是，他偶尔也会屈服于那壮志满满的决心。法国人把偷懒称作“逃学”——这是一个迷人的词，它让人想起灌木树篱和自由的绿色原野。因此，这是懒惰鬼或者说是河畔学校才有的回忆，它穿过那条蜿蜒小路把我带回被遗忘的洋葱汤这个问题上。

在五月伊始的一天，四点四十五分，闹钟急促地打起铃来，光束开始从窗帘的缝隙射进来。清晨沉寂的花园里，香榭丽舍大街的鸟儿们以异于以往的热情，持续高昂地举行着演奏会。窗外雾霭灰蓝的天空下，外面的世界格外诱人。

若要拒绝这诱惑，那真是荒唐至极！

那本《英国人民的简史》只有英法百年战争的那章被翻阅过一次，然后就安静地躺在一边。男孩外出去王后公园的大树下散步，无疑他抱定决心稍稍散会儿步就回去。然而，在这种清晨时分，尤其是在这样的早晨，道路显得无比诱人。沿着仍在法兰西岛下方的旭日一路走去，清新翠绿的河畔还有码头上一望无际的一排梧桐树引得他停不下脚步，于是他决定早餐时刻再回去找吉尔克里斯特。他觉得他还有时间可以继续穿过那些人口稠密的驻地，不像那些居民区，这里仍大量保存着中世纪巴黎的风韵。因此，他念念不忘巴黎，查理六世统治下的巴黎和贝德福德公爵[1]（代幼主执政）统治下的雅马邑镇和勃艮第镇。总的来说，在遭受英国武装士兵侵略时，这个夹在旧皇宫和新堡垒之间的拥挤地区依然井然有序。

好奇心再次拉住了他，他已在这愉快地兜兜转转了两小时，此时回去吃顿早餐应该已来不及，只能直接上高地去见吉尔克里斯特了。同时，一阵强烈的饥饿感开始涌动不安。他摸了摸他的中世纪风格的钱包，发现口袋里有且只有两枚同为中世纪的德涅尔[2]！平时他常把零用钱放在床头柜上，除了这一次，他幸运地忘了取出马甲口袋里的两德涅尔。

当他环顾四周，本想在圣尤斯特歇斯岛附近找一家好的餐馆吃顿早餐时，这个发现却令他懊恼不已：两德涅尔约合两便士零两生丁，远不够在一家室内餐厅享用早餐。这真是太糟糕了！无论如何，在他居住的地方两便士就可以买个面包了，这足够抚平他清晨强烈的食欲。众所周知，圣厄斯塔什教堂离雷阿勒中心商场很近，这是巴黎一家由史密斯菲尔德市场、比林斯盖特海鲜市场、蔬菜花卉市场和勒顿豪集市共同组成的大型食品超市。一阵飘香传到他的鼻子里，简直太美味了，这两德涅尔的主人便开始疯狂地疾走，寻找最近的一家面包店。

---

① 兰开斯特的约翰（1389 —1435），英格兰政治家，军人，百年战争中的英军司令。亨利四世的第三子。1414 年受封贝德福德公爵。在亨利五世死后，他成为幼主亨利六世在法国的摄政王。

② 德涅尔，中世纪法国广泛使用的货币。

他不禁停下脚步，嗅了嗅这味道，不知是否太明显了，他身后传来一个极其耳熟的试探声：“早上好，帅小伙，要来点吗？”这声音的主人是此时正笑容满面的身材丰满的哈勒夫人，她带着敏锐的商人目光，将一把长柄勺伸到一个铁质砂锅深处，将冒着热气儿的褐色炖菜盛到一个普通的白碗里（容量为一品脱的小东西），在这种情况下，这食物实在是令人难以抗拒。

“这一份要多少钱？”饥饿难耐的他以当地的交流方式问道，且手指疑惑不安地摩擦着那两个小钱币，好似一个饥饿的维庸[①]，一个穷困潦倒的葛林果[②]。

“这碗吗？一分就够了，向来如此！奶酪，”说着她转变了语气，好像她在和一位贵宾讲话，“奶酪，只要十生丁，我的王子！抱歉呐，卖完啦！没有更多了！”她沾沾自喜地笑着补充道，把头转向左手边的一个空锅。

更为昂贵的奶酪炖菜出锅了，为解一时之急（若是厨娘再煮一锅，恐怕还需要十分钟），这个饥肠辘辘的散步者拿出钱币，感激地捧着碗还有那个用半德涅尔买的近八英寸的“长面包”。他倚靠在柱子上，忘情享受着那份（前文中提过的）人生中最好的早餐。

有言道，饥饿是最好的调味料，这句话不只是谚语，它是个真理。在人极度渴望某物的艰难时刻，一把碎屑或是掌心中的一掬清水抵得过平淡生活里的佳肴美酒。然而，无论这渴求多么热切，面包和清水尝起来也必定有苦难的味道。现在这个值一碗炖菜的半德涅尔却没了当时的魅力，就营养而言，它就只是面包与水了。它拥有一切美味佳肴的特质：热，咸，使人瞬间安心。

我一边慢慢地品味着这份美食，它很烫，并且我也想优哉

① 弗朗索瓦·维庸（约 1431—1474），法国中世纪最杰出的抒情诗人。

② 葛林果，法国作家维克多·雨果小说《巴黎圣母院》中的游吟诗人。

游哉一次，把这个省吃俭用的享受作为我简单旅行的一部分。一边看着那肥硕却敏捷的女人准备着下一锅美味，以迎接下一轮顾客潮。第一位顾客（如果正好在一次友好断续的对话后）是六点钟来的，之后还有赶去工作而家里没餐具的学徒工，或是回来睡觉的副食市场夜班工人。下一批很快也来了，其中有必须八点到岗的店员、女工还有小职员。接着，这一小碗就会持续供应到正午。

即使对于那些完全品味过成品的人来说，生产方式决定利益这并不具有启发性。当然！仅十二苏（少于六便士）的原材料就能为二十个人提供美味的浓汤，并且还有盈利，这也令人刮目相看。

在我看来，这些材料是二十个中等大小、香味浓郁的洋葱（两便士或者四苏），半磅左右的黄油（加盐黄油），巴黎人坚持做菜都放点黄油（六苏），一满勺的面粉（大约一法寻[①]半分），烘焙店剩余的旧面包（值两苏左右）。剩下的利润就很少了，大约就只有支出的百分之三十。

而它的酿造技术简单却讲究，在女厨的照看下，铁锅底部黄油煎过的片状洋葱露出可人的日落色，待时机成熟，再撒上面粉且持续搅拌，直到它变成令人垂涎三尺的棕褐色，“小伙儿，你懂的，这面粉就是为了让汤黏稠些”，注意到我的好奇

① 法寻，英国旧硬币，值旧便士。

心，那乐善好施的厨师热情地解释道。之后在棕褐色显现出来的关键一刻，将撕成片状的面包猛抛到锅里，再用木勺轻柔地翻动，以此和黄油及鲜嫩的洋葱汁充分接触。接着，往里面浇入一大盆滚烫的白水（大约两加仑）。在沸腾的汤汁冒出一两个气泡时，它们就完全融为一体了。最后将锅放在旁边一堆闷燃的灰上，等待下 位寻觅早餐的顾客。

享用完最后一口碎屑和汤汁，男孩精神大振，赶紧抄各种小路登上蒙马特高地，由于法国“基督教的领袖”圣丹尼殉教于此，这里亦被一些词源学家称为“殉教者山”，这与另一个称呼“蒙马第”相对立。

他只稍稍迟到了一点，这归功于那些捷径和吉尔克里斯特一如既往的严厉。不过，由于他那易怒的老师每天早晨阅读《农事诗》[①]（最美的花园记事册），性情逐渐温和起来。等到读到以“最后要照顾好小狗”开头的第三卷里写狗的那篇文章时，这个旧学者昔日的亲切言行完全回来了。

我依然能看见他站在地平线满怀信心地对我笑着说：“不要亏待小狗。”这话预言了未来！

二十载后的今天，我沉湎往昔时，阿拉贝拉躺在壁炉旁伸

① 《农事诗》以教诲为基本内容，诗中穿插着神话传说和对意大利农村风光、农民生活以及和平劳动的赞颂。

展四肢，不时地发出一声心满意足的喘息。贝蒂蜷缩在我的脚背上崇拜地望着她的主人，每次双目对视时，她都会摇摇自己的粗尾巴。至于洛基王子，他躺在最好的单人沙发上打着悦耳的呼噜，前腿缩在怀里，幸福地肆意伸展着后腿。“最后要照顾好小狗”，这话没错！

第十四章

不过，三月的风愁人！它们凝聚在一起形成飓风，吹倒了近二十株银蓝色的战士。

荷兰花园里的风信子全开了。不过，三月的风愁人！它们凝聚在一起形成飓风，吹倒了近二十株银蓝色的战士。汁液饱满的粗茎秆实在是太容易折断了。在平台墙上的盆栽也有一半倒下了。然而，多亏了当初的紧密种植，只有我们自己才能发现这种空缺。书房窗户正对的下方是依然散发着阵阵清香的蔚蓝色双子湖。

在荷兰花园的下岸，两千株水仙在绿穗丛中摇摆着柠檬色的花蕾。入口处，有两棵奇高奇壮的醉鱼草树，应季时还会结一大片橙色小球。那是一群鸢尾花（我们在不断扩大它们的数量），但诧异的是，它的数量似乎从未增加。这儿有一个你总能发现野蔷薇的灌木丛、两株不可名状的开花常绿植物、一株可爱的苏格兰石楠、一丛散发着引人入胜香味的黄色绒球菊花、深得编年史学家喜爱的低调的木槿和一个去年种的大黄属。

今年三月，它长出的嫩草让我们大为惊讶。它们暴烈又险恶，像是敞着黄嘴的深红色花朵，看上去火热却夹带毒液。在萨里的高沼地中，尤其是在温和的灰紫色薰衣草旁，它显得如此格格不入。花园真是令人兴奋不已啊，这儿的惊喜随处可见！

所有沿着露台摆放的康普顿盆栽里都是蓝色的风信子和勿忘我，所有房子边的花床里都栽满了郁金香和勿忘我（这儿也是）。如今，有些人（我们某天读了一本描写花园的书）不想种勿忘我这种植物，因为“它就像野草一样泛滥地生长”。不过我们是喜欢植物们能如野草般扩散的人，尤其在这个醉人又如此迷人的情况下，每一个花床都变成了一小朵蓝色的云，它们美丽的花冠后面是长茎达尔文郁金香。不久后，我们也打算以相同的方式种植喜林草，尽管去年阴雨连绵，它始终在那片持续灌溉到秋末的土地上英勇地绽放着蓝色的花朵。

所有人都说，圣母百合不会在我们的土地上开花。因此我们在巨型鳞茎上另下工夫，它们现在看起来很有生长潜力。

在名为“法兰克福市好风景”的休息区下方有两块沿草坪

斜坡种植的玫瑰花床，命运出乎意料地在花床的每一边都安排上了双排郁金香。顺便一提，在原始时期，那独特的斜坡是荒野里最不起眼的地方。石楠、荆豆、野蔷薇、欧洲蕨和蘖枝完美地挡住了前路。如今，人们为它除了杂草，铺了草皮，透过曲折的视野，可以看到它前方的松林街，以及它后面的绿色田野，直接延伸至山谷和远处的丘陵。在丁香丛上方的一块三角形土地上，种着一大片矢车菊，尽管丁香仍含苞待放，此情此景已着实让人欣喜。我们认为这些双瓣雏菊在园林界还有一个称呼，但是这个称呼与年少时的记忆有关。它们会盛放一整年，因为矢车菊将一直处于旺季，让我们拭目以待吧。

新生鸟儿的歌唱是最富有春天愉悦气息的事物。清晨醒来，聆听着它们温柔的歌声（它们也是这么唤醒伙伴的），其中有画眉鸟或者乌鸫，它们低声哼唱着清晨的曲调，这是大自然最动人的声音。

就在刚才，一只小鸟连续哼了一段如蛛丝般娇柔纤细的小曲儿——我们觉得这是某个羽翼丰满的母亲正在哄蛋里的宝宝睡觉，之前我们从未听过这么轻柔的歌声。亚当摇了摇头，说我们的慷慨正引着一些小鸟到我们家过冬。换句话说，如果你想要家里保持整洁，那就要把孩子赶走！维克多·雨果曾说：

主啊，请保佑我爱的人，
我的兄弟、亲戚、朋友和敌人，
邪恶的胜利，
主啊，我曾看到没有蜜蜂的蜂箱，
没有鸟儿的春天，没有红花的夏日，
没有孩子的房子！

把“春天”替换成“花园”，你就能理解我们的感受了。我们的房子里没有小孩除了（更糟糕）带毛的那种。

这次，我们的园艺工卡利班以稍快于以往的速度再一次打破了他的“承诺”，恐怕我们要态度强硬点，下个最后通牒——

若是他再喝醉，他就得离开了。在我们的印象中，卡利班是一个史前的人。无论何时，他总是一副刚从爬行状态直起身来的样子，在我们离开后，他又即刻恢复到原始姿态。他有个工作勤勉的妻子，在再次违背誓言前，他也一直做得不错。我们对育有三个孩子的卡利班夫人深表遗憾："因为我们听说育有卡利班又醉酒了。"她有些吃惊，"他清醒时绝对是最佳丈夫人选"，这个可怜的女人信誓旦旦地说。每次她都可怜巴巴地期盼着他能履行戒酒誓言！这个小地方有这么多个糟糕的丈夫，太可怕了。另一个家庭的那位父亲，只要一提起他的名字，雇主就吓得整个人都僵硬了。

"小姐，我的丈夫不幸扭伤了自己，得放弃工作了。"

因此，每当这个不可避免的事发生，并且家里已揭不开锅时，他悲惨的妻子便娴熟地开始乞求。我们已经对这种书信习以为常，除了底下的日期不同，每封信都如出一辙。

尽管他的兄弟是当地的一个警察，这个害群之马也已无药可救。为了让他们的后代健康成长，我们把这些"小羊羔"安置到各个慈善点。我们的最后一个拯救对象——阿尔菲，与他母亲相比，他更擅长写信。这是他从快乐的托儿所（他相信他能在那儿清清白白地成长）给他母亲寄的信：

亲爱的母亲，展信佳。希望詹姆斯、维勒特和爱丽丝都一切顺利。我这儿美好极了。我希望您能告诉我什么时候您会给我打电话，这样我能等着您的电话。愿上帝保佑您。

爱您的，

阿尔弗雷德。

而另一户家庭的主人每周都要花上十至十五个先令在烟酒上，直到某天涅墨西斯[1]终于对他这种挥霍行为采取报复。他那美丽勤奋的金发爱尔兰妻子毫无恶意地表示，如果她能够“永远摆脱”她的丈夫，她就是为了她自己还有三个年幼的孩子“做了件对的事”。

要是女性在社会改革上有发言权，尽管有少许著名的例外，比如洛基的祖母厌恶法律侵犯到自由，她内心希望自己能有投票权或者其他权利，她发誓她会不断地为任何意在把酒吧从乡村驱逐出去的措施投票——这些地方就是祸害！在这些例子中，要不是养家糊口的人难以抵制诱惑，这些家庭本可以过得幸福安逸。

遗憾地说，罪孽越深重，孩子受影响的可能性越大。穆顿夫人（写信的人）难过的事并不只有一件。这曾遭受流产的悲惨女人担心这个新生儿可能无法存活。洛基的母亲前几天曾去探望过她，发现一位承诺要“帮她走出困境”的博学邻居也在那儿，她俩看起来愁容满面，不过却夹杂着点儿不

① 涅墨西斯（“报应”），希腊神话中人格化为冷酷无情的复仇女神。

易察觉的喜悦。

“哦，小姐，我们刚听说村里发生了件不好的事。一位年轻女士生产第一胎时难产离世了，那个护士刚刚来告诉我的，小姐，这真是太可怜了！”

“哦，天哪！”洛基的母亲附和着感叹了下，但又立刻把那位夫人的思绪拉了回来，“那真是太糟糕了。穆顿夫人，您今天感觉好些了吗？”

“不，小姐，我这些天虚弱极了。‘胡说’夫人说她没见过谁像我脸色这么差。她说：‘竟是什么把你弄成这副模样？’。”

“没错，亲爱的。”穆顿夫人带着她惯有的哀愁语调继续说道，“我今早又在水桶旁晕倒了，我顿时感到一阵虚弱。我打到了自己的眼睛，这太衰了，小姐您看，它都肿了！”

这位姑娘一直故意让眼神游离起来，现在她祈求这种高超的技巧能够让她平静地沉思。

“胡说”夫人是一位体形肥硕的乐观女性，她衣着凌乱，两个安全别针绕过她的双峰不稳固地别在缩水的蓝色棉上衣上。她发出了一声沉重、态度不明的叹息。至于“胡说”夫人的真名，这里并没有提到。没人对这“水桶”的解释提出反驳。

“当然，小姐您看，她带来了一则令人震惊的消息。”这个乡村护士长重新把对话拽回一开始的话题，毕竟它相当吸引人。

“对，小姐，我感觉就像看到了自己，唉，我的小姐呀。”穆顿夫人叹了口气，眼神游离，又好像有点偏视地透过积满污垢的窗户望向外面。而客人却没读出个所以然来：她定要听听细节，于是便聪明地让了步。

“到底发生了什么？”

“小姐，一整件事就是关于放馊了的两只板油饺子和一些猪排，‘胡说’夫人，是这样吧？”

“是的，亲爱的，还有些欧洲萝卜。”

“但是，小姐，这主要是因为那些猪排，你知道它们已经被放了很久。那些医生们对她也无能为力了。”

穆顿夫人叹了口气，把披巾的边缘抬到负伤的眼睛旁。这无疑是个悲剧，但洛基的母亲却面露喜色，“那这可怜的姑娘是中了毒。”她喜悦地喊道。

“是的，小姐，她的情况就和我一样，应该是中了肉胺毒。”

“不过，穆顿夫人，还有谁……”

“没有了，小姐。”“胡说”夫人插了进来，“医生说这与她自身原因也有关。”

“是的，小姐，就是这样子，全怪那些猪排，还有以相同方式保存的那些欧洲萝卜。”

第十五章

好吧，这个三月底，我们与那变幻不定的风度过了一个“男孩般神秘”的时光。

一个朋友曾经告诉我们，一个奇怪的人用“男孩般神秘”这个词组来描述天气。这个词深得我们的喜爱。它拆开后的形式比原先的更有画面感。好吧，这个三月底，我们与那变幻不定的风度过了一个“男孩般神秘”的时光。所有福寿草的叶子都伤痕累累，耷拉着脑袋，醉鱼草树下那一小块地上的水仙也东倒西歪。今天，亚当把六盆去年栽种的风信子全搬到前院那面毛石墙前面的边界处，墙的另一侧是我们上个秋季种的欧洲攀缘蔷薇，以“泽西岛美人”为主，还有黄色和茶色的。前面那一排黄花九轮草和“蒙斯特”开得也相当旺盛。

风信子是蓝色的，大约一个星期后，这地儿就鲜活起来了。风信子败落时，我们应该回去看看那几盆年迈的粉色攀爬天竺葵，（愿上天保佑）从六月开始，它们就会在我们的黄玫瑰之间怒放。我们想种粉色天竺葵，但也还不确定，因为去年我们在这些盆里种的雅各布长得可好了。

昨晚，洛基的祖母又盘算起一个宏伟的花园计划，她觉得不垫枕头睡觉反而更加香甜。我们的金银花还远远不够，的确如此，她想要再订个十二盆。她也想要十二盆以红紫色和纯紫色的“超级杰克”为主的铁线莲，然后以一种就算是最平凡的品种也能在这片荒凉土地生长的方式来种植它们。我们知道，金银花很适合这片土地。某年夏天，我们在它附近的丘陵上租了个小木屋，那一整个地方都弥漫着金银花的清香，它们肆意生长在房子周围和花园小路上。那扇样貌可怖的拱门也给它们缠了个遍，不过这不打紧，重要的是金银花。我们想收集到它所有的品种，因为那儿还潜藏着其他平凡却香味迥异的金银花。

那房了的主人是个俭朴之人（至少在我们看来是这样），他拿着樟脑和苦苹果防咬喷剂向飞蛾开战，对我们来说，飞蛾是不可驱逐的诅咒。在苏格兰的那几晚，我们每晚都被毛毯中苦苹果防咬喷剂的恶臭所毒害。人类的鼻子到底是什么做的，它们为何会自动地沉浸在如此糟糕的空气中？这块毒毛毯的主人对她的皮衣做了同样难闻的处理。如果她频繁地走楼梯，我们还能猜到她去过伦敦最拥挤的冬季茶宴。

在那个金银花环绕的房子里，除了苦苹果防咬喷剂，外面还有一头并不是我们的猪，它就待在临近的一所男子小学里。每当有风从学校方向吹来，花园就恶臭连连，连带着金银花和整个空气都臭气熏天。初到那儿时，我们希望这只是个偶然。到了星期六，我们怀疑那位奇怪的主人偷偷回来了一趟，因为在下礼拜二前这里都一片平静，不过之后南边又传来了恶臭。洛基的祖母就奔到他祖父的房间里（那时洛基还没来，所以祖父还不是祖父，不过这不影响），打算口授一封信给校长。洛基未来的祖父对此表示反对，他讨厌做这种事。于是她把他带到花园，让他嗅嗅那味儿，祖父强忍着说他没有闻到。洛基的祖母改变了策略，暗示这种环境不卫生——村里有一个患白喉病的人，这可能会感染洛基未来的母亲。这招吃定了他，祖父进了屋，如绵羊般温顺地坐了下来。依照她之前所说的那样开始口述。若是有人想了解如何向邻校校长抗议那猪圈，下面这封信可谓是最好的典范了：

“亲爱的先生，我为我唐突的打扰深表歉意。不过我确信您还不了解那猪圈对我们的花园造成了多大的冒犯……”

“冒犯？”洛基的祖父有点迟疑。

“对，冒犯，”她坚定地说，“你别想偷换成任何温和的词。这气味不仅恶心还有毒，它就是社会毒瘤。”

“这个地区太糟糕了……”她继续口授。

“哦，我认为没必要把这放上去。”洛基的祖父开始反驳了。

“你必须这么做，”祖母说，“这比任何一招都管用。他是个校长，不是吗？若是消息传开，说他有一头不卫生的猪……”

不过，这封信最后以一个巧妙的转折结束。它起到了最好也最出乎意料的效果。不但校长对我们的提醒表示衷心的感谢，而且自此以后，这味儿也好转了很多，他还用了最热情的措辞来表达感激。在一个暴雨天，我们和他以及他的家族在他的住宅里喝茶聊天，这住宅显然是前天刚建好的，潮湿的石灰让整个屋子氤氲起来，洛基的祖母也在这儿染上了终身的寒气。

匪夷所思的是，在爱尔兰（应该是女主人的故土），由于糟糕的卫生情况，猪们都备受嫌弃，但出于某种原因它们受到

了极好的照顾。在这美丽的国度，尽管每一个农庄都养着猪，我们却从未发现这儿甜蜜的空气充斥着“猪的体香”。当然，这儿绝大多数的猪都既可爱又干净，它们是充满智慧与活力的生物，整日都怡然自得地在马路上散步，夜晚再一同归家。然而，人们却为“付房租的绅士”将这个拥有独立空间的房子以一种在这地区罕见的方式重新清理、粉刷。

在多塞特郡洛基大阿姨居住的那个地方，有一个相当漂亮的房子，但由于后面是猪圈，租客们都避而远之。某天，一个佃户向这个维持农场的农民抗议，并和一个卫生督察一起威胁他关闭农场，而农民既不解又愤慨。若是他的猪引人瞩目呢？他说：“猪不是威士忌。”我敢说，这些猪在他看来可爱多过凶蛮，毕竟它们和他的收入息息相关。

就个人而言，无论我们对务农多感兴趣，我们都不应该让猪享有主动权。无论我们相信它们的住所是如何一尘不染，无论我们多么勤快地让它们去冲澡，让它们享有粉嫩的肌肤，那噩梦般的分别时刻依旧伫立在我们眼前。

我们的一位近亲是某桩可怕轶事的主人公，这事儿与猪也有联系，但却滑稽十足。这事儿发生在多塞特郡的一个风景如画的庄园住宅，那儿高墙内的花园毗邻一个风景秀丽、生机勃勃的农场。某个四月的清晨，空气里震荡着令人心烦意躁的猪嚎，而我们这位同情心泛滥的亲戚心地善良，每一只动物的遭遇都令她饱受折磨。

“噢，他，”她向她女儿，也是她的女房东哭诉道，“博伊特先生他要对这些如此可怜的小猪做什么？噢！博伊特夫人，他怕是要杀掉它们！”

博伊特夫人也不完全确定事实是否如此，但她希望不是。

“哦，亲爱的，不会的，这年代没人会杀猪的。他们正在把它们清理出猪圈，仅此而已。亲爱的，他们知道猪有多重要。”

尽管这个噩耗来得如此突然，但她说谎应对的能力也实在令人侧目。在最后的陈述中，她表示她知道猪们现在还远不够肥壮，达不到效益最大化，那些老实的访客便听信了她。

在那天稍晚些的时候，这个可爱的四月下午又恢复到乡村应有的宁静平和，有两个人沿着小径走了出去。这位客人坐在驴背上，身边是她的女儿。在回来的路上，她们碰到了身材肥胖的博伊特夫人，只见她提着空鸡蛋篮子，从围墙花园走出来，这位衣衫褴褛的人可窘迫坏了。

博伊特夫人慌张地面对她们，露出谄媚又不安的傻笑，不过，无论是驴还是驴背上的夫人都没有中她的计。这位坐着的女士对博伊特夫人有点好感，但却又在心底嘲笑自己竟然想和她搭讪。这倔驴如其他心高气傲的驴一般，在主人最想要它前进的时候，偏偏停了下来。或许博伊特夫人的狡猾已引起了些许怀疑，稳坐在驴背上的女士开口了：

“早上好，博伊特夫人，博伊特先生好吗？”

“夫人，托您的福，他很好。不过他今晚难免会累一点。”

博伊特夫人回答道，她眼睛里闪着怒火。

“下午茶时间快到了吧，亲爱的。这会是一个美丽的夜晚，

博伊特夫人，我母亲喜欢小牲畜，是吧，拔示巴[1]！”

她吸了口气，扯了扯缰绳，但博伊特夫人和驴都没搭理她，拔示巴抽搐了下耳朵。她陷入了沉默。

“累？你刚刚是说你的丈夫累了吗，博伊特夫人？”

“是的，夫人，猪太累人了。”

“猪，博伊特夫人？哦！他今早对那些可怜的猪都做了什么呀？他不是……他不是在屠杀它们吧？”

“不，不是，夫人。”她没有瞧见听话者脸上的惊恐和反感，博伊特夫人继续奉承道，“多可人的猪啊，一共有六只。”

“那不是他亲自动手的？”

“不，不是。”博伊特夫人更加吃惊了，“我们都是自己动手的，我把它们按住，然后博伊特就开始戳它们，对我俩来说，这是件极其费力的事！”

在过后的几天，博伊特夫人是唯一一个发现这对话幽默之处的人。那位善良的女士一直坐在驴背上，完全沉浸在这悲剧中。这便成了一件不能在她跟前提及的事儿。

① 拔示巴，《圣经》中的一个重要的美女，先后是乌利亚和大卫王的妻子，也是所罗门的母亲。

第十六章

有时，她认为她心上的重压源于绵延几里的肮脏环境，源于一切如蜂巢般无尽的人类苦难，源于一切的罪恶和磨难。

从伦敦回到我们的高原沼地真是太棒了！自从石砖和灰泥突然出现在马路上，洛基祖母的心就跟着下沉。有时，她认为她心上的重压源于绵延几里的肮脏环境，源于一切如蜂巢般无尽的人类苦难，源于一切的罪恶和磨难。不过，这或许只是出于她对汹涌人潮的厌恶，对住在一堆小破屋子里的不满，对夹在这群不理想的邻里中的羞耻！有谁会去看那人行道、栏杆还有路灯柱，去听一个胸无大志的人讲述生活的怒号和动荡？这种生活意味着欣赏不了连绵起伏的高沼地上绿意葱葱的自然，聆听不了令人舒心的大片宁静抑或是风与树的合唱，它只能扰乱日夜的平静。实际上，真的有人会放弃乡村的清新空气、幽静的环境和广袤的土地而选择城镇吗？在伦敦，人们感到自己的灵魂与肉体分离，一小部分灵魂永远待在载歌载舞的盛宴中以逃离现实，人的个性也就随之蒸腾。不过那儿有音乐会和瓦格纳歌剧，还有心仪的好友与启化人心的智力运动！在乡村，人们似乎与生活中这些华丽盛大的活动无缘。但我们认为，如同万事万物的规律一般，一个人为了展翅翱翔必须直面人生的跷跷板，接受人生的跌宕起伏。只是我们一直都很乐意回到洛基别墅。

十日之别，花园的变化真是令人惊叹。餐厅窗户下那三排托马斯莫尔郁金香开出绚烂的橙黄花朵，栽种在其间的勿忘我着上了星星点点的蓝色。背后墙上的花却不尽如人意，但是，就算苍白清癯，它们堆簇的丝绒紫色调也足够赏心悦目。在花坛边缘，勿忘我之间有一排孤零零的双瓣郁金香（橙色王子）。约一周后，抬头就会看见阳台上有五排灿烂的火焰在蓝色海洋中喷涌而出，这画面在紫铜色沼地的映衬下真是美极了。

本以为会让我们失望的西伯利亚绵枣儿却大获全胜，它们如湛蓝的湖泊般围绕着杏仁树。明年，我们打算重点培养西伯利亚绵枣儿，这些小巧的鳞茎几乎妨碍不到什么。除了多在露天草地种点儿，我们还会把它们分散到每个角落的多年生植物那里。同时，我们也要大量栽培“尖塔杰克”，尤其是青绿色的那个品种，它们花期持久、色泽可人。在我们称作“草地滚球场”的地方有一片自成景致的五彩香茉莉，它们腰杆笔直，宛如戴着鎏金头盔的小军人。明年，我们会在树下那块凹凸不平的地方种上三四千株水仙花，我们还打算给河岸装饰上樱草花和野生紫罗兰。

这些天我们给大多数过道都植上了草皮，这可算是个改良大工程，如今我们眼前尽是怡人的绿意。百合花坛和它正对面位于入口处的醉鱼草和灌木看起来无比美丽，融入进了青葱的草木中。当红口水仙、罂粟、百合以及其他爱花仍含苞待放时，大簇的黄花九轮草还有自然播种的勿忘我已为我们带来欢乐。用不了几天，树下那片混交水仙就会成片地盛开，尽管这些可怜的小东西可能一下子就会被无情的狂风吹跑。“四月的寒冬”令人惊叹，目前为止，我们这高地上的花园还算是承受得不错，我们想这可能得益于它的自然屏障吧。

当前，我们激起了一个念头：为荷兰花园二级平台下的小径，如蓝色狭长花坛，以及从草地滚球场出去的那条小路植上草皮。如此一来，我们就能望见连绵的绿地了，并且每块都繁花似锦。我们想要让这个小地方如宝石般在这片高低不平的高沼地上熠熠闪光。

现在来谈谈赌博的魅力吧！它再怎么诱人，都不及我们对花园的狂热来得那么占据灵魂，让人挥霍无度，丧失理智。若是洛基的祖母现在有一个支票本（实际上她没有），她就会担心家庭资金会每月每月地流向鳞茎啊，花啊，块茎啊，还有虎耳草、草皮和攀缘植物。更不用说如沃土、草坪还有蒸发器这些不起眼却不可或缺的辅助材料。她至少要建个新的温室，再把她花园里的人手翻倍，或许到头来，她还远不及她现在这样开心。因为她可能会更加痴迷于那些“已知的新奇事物”，甚至还有壮观的假山（它成片的煤渣中的一些蜘蛛般大小的微型生物将以怪兽之名，向周围伸出巨大的爪子）。也许她会沾染上对果园的病态迷恋，把她陪自己孩子，还有陪所有曾孙的时间都花在这些恶魔般独具吸引力的植物上，我们相信，它们是邪恶之花。

就在方才，她又以九便士一打的价格订购了些白色缎花，打算把它们种在新开的杜鹃花中间。想到这价廉物美的东西，她就欣慰无比。

天气真的极其恶劣。这很不寻常。

“哦，在英国，那儿现在已是四月了！”

人们渴望如此，在三月的暴烈和五月的严酷之间照例必然会有一个温和插曲。去年的四月像孩童般在平原上蹦跳而来，就算是它的反常现象也富蕴魅力。头顶着宝石般澄澈的蓝天，驱车行驶在那些神秘美丽的马路上时，最享受的莫过于看着孩子们在羊群间嬉戏，看着身披羊毛、绑着腿的牧羊人坐在栅栏上，嘴里叼着只烟斗，听着他哼唱一千多年来都未曾改变的狂野曲调。孩童们从散开的羊群中跳出来时，宛如切断了一条蓝色的典雅饰带，那黄褐色的多愁平原连绵起伏，直到山丘披紫，雪盖群峰，远景朦胧，这平原才再次宁静。

一条水道的涟漪仿佛闪着金子的光芒。

“在意大利，那儿已是四月了！”

洛基的祖母相信她会放弃她的村庄和维利诺·洛基，并且乐意永远移居国外，但是意大利不是国外，它是灵魂栖息之地。（洛基的祖父对此表示相当赞同，但他觉得若是要长久居住的话，他会选择他的萨里山丘。）

尖尖的火焰打着节奏朝上跳动时，平原上的火则是玫瑰紫红色的，我们这边的火通常只有黄色的。这在意大利是怎么做到的？难道是因为那儿大气的通透度？那儿的阳光居然能打在一面普通的石灰墙上！那石头居然红彤彤的！不一会儿，山坡上那白色的维利诺就光彩夺目，它如一块黄玉般看不见一点白。

今天，4 月 15 日，我们希望这种惨淡的日子只此一天。就连水仙花的长叶片也萎得低下了头。

第十七章

她被“欺骗着”，或者说，她一直以来就希望能把一个法定继承人带到这辉煌的王国。

穆顿夫人是个可怜的人，她曾怀过一个死婴。这或许很不可思议，因为在这事儿发生不久前她又一次碰翻了水桶。她被“欺骗着”，或者说，她一直以来就希望能把一个法定继承人带到这辉煌的王国。为了安慰她，那位医生对她说她的孩子已足够多了。

“小姐，我认为他真的太无情了！这的确很难承受！我多么希望这个孩子能活下来！”

我们曾与一位长期照顾她的老看护秘密交谈过，并郑重其事地提起了那个水桶的事儿。但“胡说”夫人不以为然，以下是她的大哲学：

“嗬！好吧，小姐，你瞧，事情就是这么发生了。我觉得穆顿夫人很喜欢他的眼镜，小姐啊，不过，”她毫不掩饰地笑了笑，“你一定记得他那长苦瓜脸，就好像有啥烦心事儿似的。当听说她还要再生的时候，他就黑了脸。当然，他也可怜得很！只能想到……”

“我的天啊！”

看到我们一脸无知的样子，“胡说”夫人笑得更放肆了。

“某些人的确很受打击！”

我们却无言以对。这种观点我们没法儿评价。

她和她丈夫曾精心布置了花园底部那个被亚当夫人叫做“小摇篮”的地方，如今这可以享受天伦之乐的地方让落差显得更加锥心。实际上，小伊娃是在我们的小伊甸园出生的，她

在这儿受到了热烈的欢迎。那个最迷人的孩子——黑眼珠的小亚当富有孩童的神奇直觉，最近他一直吵着嚷着要个妹妹。当下他可激动难耐了，因为他的祷告成真了！我们对这位家庭新成员的加入相当喜悦。

不知是否是意大利的空气偷偷潜入了洛基别墅，我们以及我们的制度开始让这儿的主仆关系真的如意大利的那样和谐愉快。在这儿，主人不是主人，而是一家之主，仆人也不是仆人，而是家族的一员。

恐怕去年冬天住在罗马的经历让我们忘了英国人的习惯，我们在那儿组建了一个愉快的家庭。有厨师中的精英——菲奥拉万蒂·恩佐，有聪明忙碌，会合理挪用点小东西的男管家——卡米洛·兰提，以及我们的顶级车夫——阿里斯蒂德（这是他的姓氏）。他们都噙着泪祈求我们把他们一起带回英国。

“只需一张明信片，”卡米洛哭着说，“上面写上‘来吧，

卡米洛’，我立马就飞奔过来了。”

“还会有谁比我更会为阁下驾车吗？”阿里斯蒂德义正词严地说，“我一天，不，两天内就能学会伦敦的生活方式，这简直易如反掌，但要我再为其他家庭驾车，我再也做不到了啊！”

我们最喜欢的是菲奥拉万蒂，并且我们真的试图过阵子把他弄过来，不过这牵扯到两边有约束力的契约。菲奥拉万蒂以他的名义起誓，要在那个新家再待一年，同时，在他期满离开时，我们这边的新厨师还没有到期。到头来，这事儿没成，但或许幸好没成，他是个易怒的人。洛基的妈妈梦见他捅了一个厨房的女仆，并把她埋在花园里，这也不是完全没可能的事，他的菜肴是他的荣耀，他的一生热衷于此，这片土地上的灰姑娘们会煽动这个狂热者的热血。

这也并不是说所有的意大利仆人都如以上三位这样。在罗马处理家务的头几个星期里，那儿的罪恶勾当让我们经历了些毛骨悚然的事。为了遵从这奇怪的习俗，我们让一个女仆服侍三个男人，由于很多州完全没有这种类型的女仆，要找一个这样的女仆对我们来说难如登天。我们在乔治安娜那地儿有一个大房子，现在急需女仆来刷洗卧室和浴室。刷洗？这不是一个所有罗马人都能领会的词，更不要说应用它了。不过我们仍然需要一些人来清理角落或者地毯下的灰，把那块阴郁地躺在浴缸边缘，沁满了水的抹布换掉。作为家中对意大利颇有研究的人，洛基的妈妈担起了这事儿。她对一个姑娘的容貌很中意，这个来自坎帕尼亚大区[①]的女孩朝气四射，脸颊宛如成熟的油桃，头发如贵族般黑亮。在我们看来，她似乎是个机警活泼的山区孩子，可是谁能想到呢？她竟是一个女酒鬼！她为自己订购了一整桶葡萄酒，然后在第二个夜晚疯跑出去，直到次日清晨才见踪影。这个快乐的山区小孩终究是唯一一只在阴沟里的小坏羊，某天她再次醉得东倒西歪，在地上爬行，我们不得不把她赶走了。

阿里斯蒂德有一张相片照得像一枚罗马硬币上的一位哲学家。他是个了不起的车夫，我们有两匹强壮、易怒的俄罗斯马，它们需要他发挥所有技能。它们会向前猛冲，用马蹄把石头踢得电光石火，搞得整条街都充斥着它们雷鸣般的铁蹄声。阿里斯蒂德安抚马儿的方法始终如一：一只手一把抓住所有缰绳，另一只手无比洒脱地擤把鼻涕。做这个动作时，他往往会侧个身，甩开一张巨大的手帕，仿佛在说："看啊！我多么镇定！多么无所畏惧！"

不过，当我们放弃马车，投向汽车的怀抱时，阿里斯蒂德也会与我们不和。之后几天，他便会耷拉着脑袋坐在马车上，任胡子自由生长（这是罗马人典型的复仇方式）。

① 坎帕尼亚大区，地处意大利南部。

某次坐汽车外出的途中，一场突如其来的强流感袭击了洛基的祖母，她不得不拖着虚弱的身子被送回家。

“哈，”阿里斯蒂德说，“要是夫人坐了我的车，这事儿就不会发生了！汽车是个卑鄙暴躁的东西。”

我们不舍地离开了罗马的家，它实在离苹丘[1]太近了。它是个装饰着圆形大理石楼梯和细密栅格窗户的老房子，内置一个赏心悦目、绿意盎然的花岗岩庭院，还有一座全天运作不休的喷泉，一整个庭院都沐浴在阳光里。我们最初把大量现在能在洛基别墅给我们带来欢乐的物品，放在房主留下的那间墙皮略有剥落的双人房内。

巴尔贝里尼宫的花园一直为我们提供临时的盆栽，这长势随性，富含艺术气息的杜鹃花或者橘子树，我们可真是头一次见，我们的那棵柑橘树也真是讨人喜爱。前一个月，一切进展顺利。不幸的是，我们的花园工人父子俩酒后失言时都声称自己是无政府主义者，他们的伦理原则战胜了工作意识。某天，洛基的母亲无心一提，让人撤掉那盆褪色的映山红，那粗野的意大利人便甩了她一脸的诅咒和谩骂，洛基的祖母也只能无助地站在一旁。由于语言不通，她无法帮助比她更智慧的女儿，她俩都快羞愧得哭出来了！这美丽的地方怎能为这种粗俗愚

① 苹丘，意大利罗马市区的一座山丘。

蠢的激愤所亵渎！巴尔贝里尼宫的花园里有柠檬树和橘子树，有开满水仙和紫罗兰的葱郁草坪，各个角落里都装有罗马式的滴水灌溉器，还有在柱子、雕塑和蓝天映衬下的三棵高大石松！透过这个小园子，人们可以窥见意大利的全貌。

我们翻过宾西亚丘来到了一个不那么有趣的地方，不过多亏了在那段快乐的时光里相伴相随的幸运女神，那儿离鲍格才花园相当近。我们住的地方有一个黑白瓦的餐室和一间挂满了珍珠灰绸缎，铺着精美的奥布松地毯的长卧室。当杏树在房间里纵情绽放时，我们还会得到点住房补贴。那位特别乐意把房子租给我们的女房东（因为我们挥金如土的表现让罗马朋友们脸上有光），尽管她有个奥地利贵族的名字（只能听到别人小声唤她这名），却是靠做生意发的家。在交易的过程中，她的商人气质显而易见。虽然她嘴上说得天花乱坠，但屋里的地毯、厨具或是必需的玻璃杯和瓷器，没一样是现成的。

我们可爱的小厨师菲奥拉，他曾经每晚都在楼梯间穿梭着接单子，穿着那身一尘不染的白厨衣，戴着顶崭新的白帽子，

彬彬有礼地进入房间。受到热情的称赞时，他会展开他的小胖手臂，深深地鞠个躬，谦虚道：“不不，阁下，这是我的职责所在！”

不过有一件事让他的完美风评打了折扣。那次，他一个心不在焉，忘了把烧好的嫩豌豆搬上楼，他娴熟地烹饪了这碗刚从市场上买来的豌豆，还在顶部盖了一块黄油和一抹奶油作为装饰，然后把这道菜叫做“英国风味”。我们认为那晚他是在悔恨的泪水中度过的，次日提到这事儿时，他依旧情绪激动。

“阁下，不用安慰我了，已经晚了，晚了，”他哭喊道，“这实在太丢脸了，我怕是过不去这坎了！”

第十八章

或许我们太激进而他正好相反，如果一方冲动无知，而另一方思维缓慢，这样的组合有时注定以失败告终。

在四月的最后一个星期，温和的天气毫无预兆地温暖了这片土地，我们不舍地离开了洛基别墅，去伦敦的人行道走了走。多花月季树已是花蕾满枝，期待着等我们回来的时候，它已经花团锦簇了。洛基的大阿姨向我们展示了她用二十五先令买来的紫色南庭荠，我们打算把它铺到蓝色狭长花坛那儿去（亚当对此很生气）。我们认为，那块蓝色的狭长花坛是中了某个邪恶妖术。我们已故的花匠曾向我们保证，他说“人类的花匠不可能在那个地方再种任何一种植物”。不过，那是花园里唯一能够“赤裸”（如果能这么形容的话）的狭长花坛了。或许我们太激进而他正好相反，如果一方冲动无知，而另一方思维缓慢，这样的组合有时注定以失败告终。

对于那些对春花绿草感到喜悦的人来说，在伦敦度过了精疲力竭的十天后，能在四月回到自家花园是件值得窃喜的小事儿，站在维利诺·洛基对面的山丘上，就能望见它令人叹为观止的全貌。一大片腰杆笔直、挣扎向上的松树衬出来了白桦和落叶松的色彩，这是任何画笔都无法绘出的色彩。那暗淡却活泼的色彩似乎有着灿烂的日光的神韵。

白金雀花上点缀着珍珠颗粒的花蕾，只消几天，它就会怒放，摆动着羽毛，宛如荷兰花园的紫杉篱笆上一位迷人优雅的骑士。

小狗们感情真挚，甚至是激动难耐地欢迎了久违的主人及洛基（当然，他总和家族成员如影随形）。贝婷跑进跑出，在家具中蹿上蹿下，仿佛在愉快地追赶臆想中的老鼠们，一向蠢得惹人怜爱的阿拉贝拉试图爬到每个人的大腿上。洛基这个小毛人（我们喜欢这么称呼他）表达感情的方式则独树一帜，的确，他也会满屋子乱跑，狂吠着追逐其他同类，但与同伴团聚时，他会像个小孩般哽咽抽泣，甚至在我们的手臂中狂喜得晕厥过去。有时候，他心中的爱似乎无法安置在他小小的毛绒身子里，只有这喷涌而出的情绪才能表达他的喜悦！

在伦敦，洛基一直对自己颇为得意，因为他是那儿唯一的狗，不过他无法忍受过量的访客。来喝茶的朋友一看到这来回兜转的“可人的小狗”坐在地上，以哀求的姿态疯狂摇着他的爪子，就深深为他着迷。

“这可爱的小东西，他想要啥呀？”他们说着，并从茶桌上递了点零碎食物给他。当然，洛基的祖母并不能说“他祈求你快走”，可有趣的是，这的确是洛基的意思。在最后一个访客关门离开后，洛基打了个狂喜的喷嚏，之后，他便可以领着他的祖母上楼去进行夜间嬉戏了。祖母身子虚弱，无疑这就是为何他把她当做唯一能理解他游戏内涵的人。

他们都对待人接物感到精疲力竭，洛基的性情中有很大一部分猫的乖僻。在最近的一次晚宴上，他整场都坐在椅子上观望着这群人，举着他的爪子一刻不停地祈祷：“哦，拜托，快

走吧！”如往常一样，他总会发一阵牢骚，而他的家人却总能得体地保持平静。

贝婷已经到了少女的年纪，几周前，她和一只蝴蝶在沼地嬉戏，那画面实在令人着迷。那是只黄色的蝴蝶，我们认为它准能懂“你追我赶”的规则，因为它就在那只小白狗的鼻子前翩翩起舞。这个青春活力的小场景被眼睛快照下来，存在大脑的陈列馆里。有时候，洛基周围有喜欢讨论超验主义的女性们，她们想知道在天堂是否还能享受到组成这美好一生的小确幸。除非那儿有我们的动物，不然总感觉缺了些什么，当然，天堂里有花有鸟。

“我的小主人，我的小主人！”梅特林克让小狗对他的主人这么说。这只惹人怜爱、轻信他人又盲目崇拜的小傻瓜被当时的“智多星”选为科学研究的主要受害者！

的确，用神赐的权利来统治那些无助的小生灵是极其丑恶的，这是来自于黑暗的权势。在我们看来，诸如“折磨动物对受苦的人有益”这类言论都是无稽之谈，或者说是不道德的。在我们的大医院里，多少不幸的病人接受了没有必要的手术？就我们浅薄的个人经历而言，我们也了解到有的生命绝对成了“手术刀狂热”的牺牲品。

向来对这话题兴趣十足的洛基祖母一直以来都想写一篇文章，把这些事实条条框框地列举清楚。她会把这篇教育性的文章命名为《没有杀戮》，不过考虑到这话题会掀起的巨大风波，她也知道没有杂志会出版这篇文章。

祖母近来身染重疾，一位曾称她为“体贴恶魔”的护士很乐意去逗乐她，在气若游丝之际她依然希望许多当代的科学伟人某天能推动一项法案的通过，那就是把活体解剖列为十恶不赦的罪行。

有人会问，为何要在这些平和的日子，甜蜜的花园回忆后加上这些可憎的事？若不是因为世人无视、懦弱地回避这个令人不快的话题，他们中大多数人的能力足够让这个渴望成为现实。

我们交给新园丁的第一个指令就是让洛基别墅的绿缢管蚜和玫瑰金龟以外的生物都享有生存权。鸟儿们会吞噬我们的花蕾，弄折我们的报春花，食尽我们的覆盆子（若有可乘之机的话）。鼹鼠会在我们最珍爱的草地上钻洞挖地道，随意堆建小土丘——这简直是对花园耐受性的测试，我们也没有在此设置捕捉鼹鼠的陷阱！至于松鼠，恐怕我们如此干净的草地已不足以吸引它们，但有一户家庭在它们最爱出没的场所放置了绿

色小桌来为它们供应膳食。

在多塞特郡的几个野生角落，松鼠们与这样的家庭混得很熟，后者会时不时友好地献上美味佳肴以换取欢乐的陪伴。一位我们的相识喜欢在一扇固定的窗台上撒坚果，松鼠每天都会去那儿把食物取走。某天早晨，她稍晚于平日，当她走进那个房间时，窗户上的一声叩响惊动了她，她看见窗台上站着个毛茸茸的小东西，闪亮的眼睛直勾勾地盯着她，可爱的爪子捶了捶窗户！我们认为洛基在很多方面与这只松鼠很相似，我们可以寻到无数个洛基与可爱小动物的相似点。有时候，我们甚至认为他是最不像狗的狗。

想不通的是，人们从不会充分利用他们自然花园里的花。我们见过一个林间小道，那儿白黄相间的金雀花丛在日光下开得多姿多彩，不过过于频繁的人工介入就会打破这景致的和谐。无论人们多么用心栽培自然花园，它都应该尽可能地自然生长。在河岸边或是荒地中，纵情摇晃一满口袋的野花种子是个极有意思的实验。你转眼就会忘了这事儿，不过，请拭目以待！第二年，你会有各种喜人的发现：灰蓝色的风铃草、惹眼的狐狸手套、千屈菜、白色的麦瓶草，它们虽不被惦记却又制造惊喜，如同量身定做似的融入了这个环境，这让我们愈加欢喜。一大株毛蕊花刚在这松木下安了家，它傲立的姿态让人以为它是这儿的长住居民，并且在这片适宜的土地上霸道地宣誓永久居住权。

我们对在那片崎岖小道上种植欧石楠和地中海石楠这个计划格外上心。在石楠中间我们会植上些秋水仙，这样这儿一年到头都将秀色可餐。我们还未考虑过秋水仙是否适宜这个花园。夏日里它的叶片过于粗糙，枯萎时它的样子丑极了。厄尔夫人也在她某本有趣的书中提过相同的话。

玫瑰开花的过程可真是妙不可言，多亏了产品目录，三家玫瑰种植户已获得了大量的订购单。我们这儿不适合杂交长青月季生长，茶树也禁不住这里的寒气，要不然我们就会沉醉于“希灵登夫人”[①]了。“子爵

① 希灵登夫人，月季花的一种。

夫人绝不会让你操心。”他的园丁对我们的一位朋友说。

他思维十分敏捷，“萨伏伊”歌剧的爱好者都能心领神会。

“你可真风趣呀。”他冷冷地说，这不苟言笑的样子让他看起来更加古怪，“不过我的看法倒正好与你相反。”很不幸，我们也种不好子爵夫人，真的。正如之前所言，杂交长青月季在我们这儿长不好，或许那个卓越的品种，乌尔里希·布伦纳[①]除外，这教训是即使想要种植玫瑰，也要考虑气候问题。

洛基的妈妈（我们记录下了许多对话，如果不这么记，恐怕这个编年史就没意义了）可是上述那位戏剧天才的掌上明珠，她能让整个世界都回荡起她憨厚的笑声，在她与世长辞后，至少在洛基别墅，人们无不怆然泪下。他曾亲昵地称她为“他的小狐猴”，因为在初涉社交活动的那几天她很黏她的母亲。世上再也没人比他更善良了，他家里任何生灵的生命都是珍贵不可剥夺的，甚至连一只兔子也不行，他令人晕头转向的幽默天赋让洛基的祖母曾有点害怕和他做伴。她感觉自己永远不能达到他的高度，除了在某个大风的六月，他说他打算进行每天在湖里游泳的计划，听到这话，洛基的祖母不寒而栗。

“冷？”他喊道，“一点也不！这太有意思了！你下次来时，应该和我一起在水里泡一泡。”

“不，”她反驳道——在所有愉快的对话中，这是她唯

① 乌尔里希·布伦纳，深粉色的杂交长青月季。

一一次鼓足勇敢对他说——“不，我宁愿和你赴汤蹈火。”

那片湖！那时我们就对它心生畏惧，就是在那湖，他为了救另一个人而牺牲了自己的生命。人们常说，真正的风趣是落伍的。

年轻一代对于幽默的看法类似于一场混乱的战斗，而年长一代的观点则如井然有序的刀剑之战。但我们这位朋友却异于常人，他的这种天赋混合了幽默、诙谐、讽刺，还带着点他特有的干涩、滑稽和古怪。

“这让我想起了，”某次我们听到他一位聪明的亲戚这么说，“一座古老的木雕。”我们能理解他的话，那些怪异的角度，突兀的转折，简朴以及粗暴的真诚——同时又憨态可掬！仅此一次，可以说他遇到了一个势均力敌的人，而且以一种最出乎意料的方式。

他的妻子，这位美丽善良的女士惊讶地提到，一位曾经对她粗言相向的女人在最近见面时竟打算若无其事地和她打招呼。

“她甚至还伸出手来！”她总结道。

“好吧，亲爱的，”她的丈夫若有所思地说，“这是打招呼最常见的方式了。”

令在座各位都瞠目结舌的是，他左边这个从未说过只言片语的羞涩女士，用轻柔温和的声音说道，“她或许应该做个鬼脸！”

我们此后再也没有见过这个害羞的女人，不过我们倒是想见见她。

“能否请您把您的狗带离我的花园？”他给邻居写了个纸条，他们家的狗经常来这儿散步。

这邻居可是位有名的食品杂货商。

连续两天，高沼地上吹着东风，这拂过树林的山风像是洪流的咆哮声，有时又似海滩上的浪涛声。虽然这是个极其令人捉摸不透的风，但它却能奏出庄严动听的音乐。幸好我们把荷兰花园里宝贵的郁金香遮上了，不然它们就所剩无几了。我们的摇曳达尔文杯状花围绕的勿忘我花床可算是赚足了人们的眼球。那些普通蓝色地毯上的五月皇后在他们看来新奇美妙极了。

“噢，快看！那是什么？是真花吗？简直像个仙境！”昨天一位访客向他妹妹惊叹道，后者也有此共鸣。逛花园就是应该和这样友善的人一起！在那块种满蓝钟花的草坪下，他们自己有个神秘的橡树林，那是一个充满梦想的地方。我们觉得橡树是十分浪漫的树种，它们娓娓道出古老的故事，谈到莎士比亚和英国的荣耀，以及生活在沼地中的历史或小说中的英雄人物。

第十九章

另一方面，榉木林有一种似乎不属于我们土地的仙境荣光。

另一方面，榉木林有一种似乎不属于我们土地的仙境荣光。前几天，我们驱车驶过榉木林。这条道路蜿蜒通向一个陡坡的顶端，在那儿俯瞰榉木沼地，万物都在暴烈的日光下闪耀着金绿色的光芒，还挂着晶莹的雨滴。如橡树般，它们虽非常美丽，但却没有英国特色。它就是一个童话森林，齐格弗里德[①]可能会吹着号角从这儿大步走过，他是青年的化身，从矮人米梅的洞穴跳出来征服世界。这消磨时光的地方让我们想到森林音乐。

在这个日光充沛的五月，要想找一个能存放喜怒哀乐的地方，榉木峡谷顶峰的那间木屋则是最佳选择。在巨大光滑的树干间，我们张望灿阳下平坦宽广的土地和下方葱翠欲滴的树木，以及远方的沼地和盛开在其中的葡萄花序。我们并非想要花朵，我们只是想看见蓝天映衬下绿得沁脾的嫩叶，想让枝条摇摆时的低语来抚慰我们的灵魂，想听见画眉和燕八哥从日出歌唱到日暮！在那个小木屋里独自或与挚爱住上一个礼拜后，一个人的思想会变得多么高尚、纯净和友爱啊！

从榉木林出来后我们拐错了路，没回到沼地，反倒来到了一个偏远的丘陵。现在，我们有了另一种情绪，这大概是榉木林的一种温和、沉静的九月情绪。为何那些丘陵山谷中的小石屋都不搬离人类居住地几里远？为了不在白茫茫的环境里显

① 齐格弗里德，著名的连篇乐剧《尼伯龙根的指环》第三联中的主人公。

得突兀，山谷里的一个石屋褪成了灰白色，它背后也只有些荆棘，甚至没有一条小道。在远方，一条白色的道路孤独又曲折地打着圈奔向大海。

这儿没有花，只有些芬芳的野生小东西从矮矮的草中冒出头来。一两朵圆滚滚的白云——宛如古老德国名画里出来的云——在蓝天中飘浮着，受着某种难以触及人类的高电流控制。目之所及，尽是跌宕起伏、迤逦层叠的群山以及山谷，背后阳光倾泻，抬头可见温暖的浅蓝色天空，云朵的影子也跟在本体后跑。也许是从某个较远的地方传来了云雀的歌声，将一阵无形的狂喜送回地球，还有那飘渺的羊铃铛声！一个人的灵魂是否会随着这个无限寂静和宽广壮阔的土地而充实起来？人们不想听海看海，他们只想在每

一口呼吸中尝尝海盐的味道。如今坐在石屋前，你能触摸到史前时代吗？又或者，那伟大的永恒，万物永生的本质，会坠入你逐渐流逝的人性吗？你的灵魂会反映所有的无穷往复——这是佛教徒追求的境界！在罗马一个偏远的地方，有个粉色的茅草屋。你从几扇高门里能望见一个乱七八糟的花园，在那儿似乎一切事物都躁动不安。它有一个格格不入的古老塔楼，站在上面你定能饱览罗马城四周的平原以及远处的奥本山丘。塔楼的一边是个拱门，从那儿进去就是一个内置的美丽庭院。那个小住处准会让你体会到一种无比愉悦的心情，我们深有感触。佛罗伦萨外面有一个曾是个农场的小房子，一位贵族夫人在那儿悠度春假。（在五月初）我们开车经过炎热喧闹、风卷残云的佛罗伦萨街道到她那儿喝茶。那正

是一年中的这个时候，鸢尾花遍地盛开，伴着它迷人但不刺鼻的甜蜜香味，世上再也找不到这样完美的香气。粉色的小玫瑰猛地把自己甩过花园的高墙，仿佛意大利壮观的春潮已达鼎盛，在身后留下一朵浪花。坚硬城墙之间那条山路的前面，再往前，通向一个更自由的国度——那儿还有一个农舍！它的花园给我们留下了一个古怪的模糊记忆：隐约中，一条小路夹在茂盛的青草和欢乐的苹果树之间，那儿正酝酿着一场风暴，头顶乌云密布，在这片阴晴不定的天空下，这细腻的花朵却如此娇艳欲滴，宛如一幅幅瞬间完成的画作。

必须穿过一个红瓦的厨房才能去到楼上那两个宽阔又古典的清凉居室里，更深处的那个房间是女主人住的。

她始终让那儿保持着简朴的魅力。浅白的墙和空荡的房间，仅有几棵意大利黑橡木、一两幅画、一瓶丁香花和瓷砖上一块散发着弥撒柔和色调的波斯地毯——这就是全部了。一位身着光滑黑色绸缎的老妇人坐在扶手转椅上，一块白色的蕾丝衬得她的脸如苹果花般精神焕发，整间屋子给我们留下了非常美好的印象。

我们坐在那儿时，暴风雨降临了，她有点紧张，一些来客也是如此，因此她把百叶窗关上了。或许，她并不是真正害怕，因为据我们观察，她有着苏格兰女人的强健。同时，尽管她和蔼可亲，她明亮的蓝眼睛却目光坚定，也许她只是想和她的客人一样紧张。不管怎么说，在那一小时，我们头顶天雷滚滚、狂风呼啸，雨水从山谷俯冲下来，闪电执着地从百叶窗的缝隙透入屋内。尽管洛基的祖母在雷暴时总会碎碎念，但这是她最享受的一小时，她的女房东也很愉快。那个意大利的小农舍把外面的狂风暴雨都一并拦下，这隔绝感与陌生感简直太令人神魂颠倒了！

这场暴风雨终于在远处自动消散，女主人将百叶窗全部卷起，把阳台上的木门纷纷打开。那清爽的空气一下子涌入屋内，满载着大自然的味道，还携着香水和海边的清新空气。我们走到那滴水的阳台，绝不会，哦！绝不会有人忘记那幅画面！广场下的那块地都消失了，出现了一个完整的葡萄园。它们升升降降，起起伏伏，没人在意大利见过这景象。远处的丘陵和一整个宽河谷都笼罩在迷雾中，都被落日余晖晕染成了绯红色。

你或许觉得这话不可信，但事实如此。从山谷西边射来的那道难以名状的火光照红了阳台！有生之年能见到此景，实在是三生有幸。

长期以来，我们发誓在晚年时，一定要像那个苏格兰老贵族一般，在佛罗伦萨外的一个农舍里享受春天的莺歌燕舞，但当下我们却有些犹豫了。洛基别墅是我们的牵挂，它是我们真正的家，其余的一切只是我们的梦想。家主今早看到一只金冠的小鹪鹩在达尔文郁金香的长茎秆间飞来飞去，来采摘下面的勿忘我。每啄一下它就会愉快地唧啾一声，这小东西如此轻巧，

它几乎撞不动细长的茎秆，这是一幅童话般的画面。

由于种植了鳞茎，那个半圆形土地草木葱郁，直到叶片脱落为止，因此它是那么引人入胜。那儿有八个正方形的小花床，每个都种植着“多萝西·帕金斯”[1]或者“狼毒花”，它们与勿忘我、拜布罗曼郁金香一同密密麻麻地排列在下方。花床之间有一个巨大的红色花盆，里面也全是勿忘我和拜布罗曼，伫立在茂密的草丛中有一种狂野的美丽，勿忘我这可人的小生命在每个地方都生了根。那边是一个优美的高脚喷泉，或者说是鸟澡盆，它中间的一个莲花状的盆内有一尊横跨在静音喷水海豚上的小天使。高沼地里，鲜嫩的绿草、挺立的郁金香、蓝色的勿忘我都让这个半圆形景致灵动活泼，赏心悦目。

半圆形土地后面的那块映山红地现在种着一排排的橘红色玫瑰和奶油鲑鱼，其两旁仍是勿忘我花丛。对面是一棵高大的花楸果，正好形成一块天然的背景板。除此之外，还有园林保留地里静谧的蓝色小溪。此时是我们花园的荣耀时刻，飞燕草或是大幅的玫瑰花环在这五月里生机盎然，金雀花白的黄的开得灿烂，多花月季树粉得娇艳，还有那桦木和榉木，一金一绿，无与伦比，它们美得让人想敞开双臂，拥抱亲吻这个小天堂。

“大自然的分娩是个多么复杂持久的伟大工程啊！”今天，一位朋友向我们这样感叹道，“十一月起，它就开始酝酿这场精彩的展览……一切都为了这短暂的盛放！这撩人的景致几乎还未登峰造极便逐渐凋零了！”

---

① 多萝西·帕金斯，属于杂交光叶蔷薇。

或许，它让我们明白“见所未见之物”背后的永恒内涵，它的辉煌好比瑰宝，然而这种顽固的倔强下却是吹弹可破的脆弱，须臾间，狂喜臻至完美。不对，我们有限的人文知识无法想象出这无穷的魅力，只有带着那种超越感官的洞察力，我们可能才得以微微窥视其中的一角。人类躁动不安的思维渴求瞬息万变，但它的灵魂却祈祷亘古不变。

第二十章

在蓝色狭长花坛里，长茎西伯利亚鸢尾花的花蕾紧紧簇拥成一片，其中只有两株弯弯曲曲的紫色可人儿长得异常的长。

今天是五月的最后一天。在炙烤下的伦敦度过了那平静的一天后，回到这儿，我们又遇到了对自然生长不利的西北风，显然它还是从一个月前那同一片冰山吹来的。

我们错过了那漫长温和的宝贵花园时光，那色彩明艳的杜鹃花，那本该在明媚日光下光彩夺目，而非在闷热客厅里奄奄一息的粉色郁金香。对此，我们悔恨不已。还有那些精致芬芳、仪态高贵的“佛罗伦萨阿尔巴”鸢尾花，它们看起来宛如披着一张蜘蛛网，或是挂着晶莹剔透的雪花，它们仅绝美一天，次日便黯然凋谢，我们当然也怀念它们盎然绽放的时刻。在蓝色狭长花坛里，长茎西伯利亚鸢尾花的花蕾紧紧簇拥成一片，其中只有两株弯弯曲曲的紫色可人儿长得异常的长。我们会怀念它们，因为命运又让我们在一两天后离开这个人间天堂，去到兰开夏平坦的地平线处。不过，春季最美的初春和暮春都已经结束了，尽管我们想知道没有我们积极的照顾，移植该如何进行，但我们也不太重视这些过渡的日子。我们甚至不会插手“香水草”的生长，因为还缺一个详细的计划。我们必须移植荷兰花园两个中心花床里的“威尔莫特小姐”马鞭草、娇嫩的玫瑰、蓝色的勿忘我以及美丽的多色达尔文。同时，我们在狭长花坛里种植了一些在阴凉处由绯红转为淡粉的金鱼草。照我们每年同样的夏日计划来看，屋下这梯田转瞬就会五彩缤纷、芬芳馥郁。在餐厅和客厅的窗户下面，昙花一现的白色百合旁，天芥菜和花烟草正含苞待放（直到霜冻将它们摧残），还有淡粉色的常青藤叶老鹳草，它与石竹外围的红紫色、紫色和蓝色的半边莲形成鲜明对比。

在梯级式挡土墙对面，盛放的高大圣母百合和红白两色的多花月季之间的一圈严密的石竹里，半边莲和牵牛花攀爬开来。每逢夏季，花盆里都会栽满玫瑰天竺葵、半边莲及带状天竺葵，我们喜欢看它们在沼地上花枝招展的样子。在下方蓝色狭长花坛里，飞燕草、牛舌草、长老级别的白玫瑰丛及青钢蓟势必要在黑种草、石竹、喜林草这些一年生植物前崭露头角，同时也不要忘记我们珍贵又忠诚顽强的风铃草！与之相对应的是在草道另一侧的多萝西·帕金斯树篱，它也生机勃勃地向四周伸展，在我们大胆播种的那片明蓝色喜林草上方形成劲头十足的花环。

在更往下的半圆建筑上，颜色又浅了下来，生长在百合、薰衣草、月季、玫瑰之间的天芥菜也爬上了那堵支撑墙。

我们在兰开夏的房子外有一片美丽的古老树林。如果不在意公园围墙外侧那极其丑陋的砖瓦和地区的惨淡景象，那片平坦的场地可算是独具一格。不过在那植满杜鹃花的树林里头，你能感受到一份清幽与神秘，这似乎独立于外部世界的参天古树依然自豪地诉说着种族的故事，这些种族淳朴虔诚，与那片孕育了他们几世纪的土地有着千丝万缕的联系。就如英国的一两户家庭一样，如果没有领地附属物，他们姓名的合法性就不成立了。

每天都有人在说“乡绅”[1]是个落伍的词汇。我们知道当下的法律正在竭尽全力地废除旧式贵族的力量，若是这躁动不安、排山倒海的时代精神允许这种行为，那还有什么力量可言？

① 乡绅是英国社会特有的阶级，其位于阶级结构的中间地位，是贵族与约曼之间的等级。

我们希望那块旧土地的年轻地主（他刚成了我们的主人）守住传统，不要让这正在迅猛流逝或根绝的习俗消失得太快。如他的祖父那般，他也是人群的中心，也是牲畜的放牧人。或许，稍微有点不一样，例如，我们认为他既赚不了钱也存不了钱，并且他也不会像善良强健的兰开夏老祖先那样去探望每一个濒死的访客。

“快点，吉米，快！”那个饱受折磨的妻子和母亲总会这么说，“快跑到大厅去，让乡绅快过来，他爹快没气儿了！”

他既不会花钱帮人接好断腿，也不会调解夫妻间的争吵。但年轻的乡绅依然会在选举时刻听到这样的话：“我们想知道的是乡绅会投给谁？乡绅投谁，我们就投谁！”

他以十八便士每周的价格出租农舍，家族越大，租金越便宜。他会先关注他租户的要求，而后才轮到他自己。

有人听说过一个坐拥大笔房产的工人穷困潦倒这种事儿吗？反正我们是没有，我们的大地主们致力于为自己的家属奔走，以及超越那些狂热的立法者或大批慈善家，把贫困率压低，不过这个系统还未投入使用。我们对此享有最高的权威，掌权者的权威。祈求上帝在英格兰的可怜的农民努力生活时能助他们一臂之力！

我们眼前就有最恰当的例子。每逢房产售出去了一点，附近的农舍就会被当地的食品商或者屠夫盘下来，随后租金从3.6或4先令每周，涨至7.6至10先令每周。其实，在这个我们住的地方并没有重要的地主，其结果如何呢？大多数小农舍的租金都不低于7.6先令每周，这个价格可以转眼就涨。屠夫和面包师，他们都是“地主”，他们的租金就是他们所认为的能在这些穷苦农民身上榨出的最大价值，尤其是在当下房屋紧缺的情况下。我们自己也花了几周时间，努力帮助一个带着三个孩子的可怜母亲找了个安身之地，她的丈夫曾试图谋杀她。在她逃走后，他挥霍完所有她的家具并烧光了剩下的部分。我们提前三个月租了一个农舍，每周的租金竟要8.6先令！

她是个单纯温婉的可怜女人，只能偶尔做些清扫或者洗点衣服的工作，除此之外，她毫无经济来源。当然，我们本应该让她去济贫院，但我们并没有这么做。相反，我们替她担保了租金，并给了她的长子园丁助手这个空差。（这小伙子倒像是

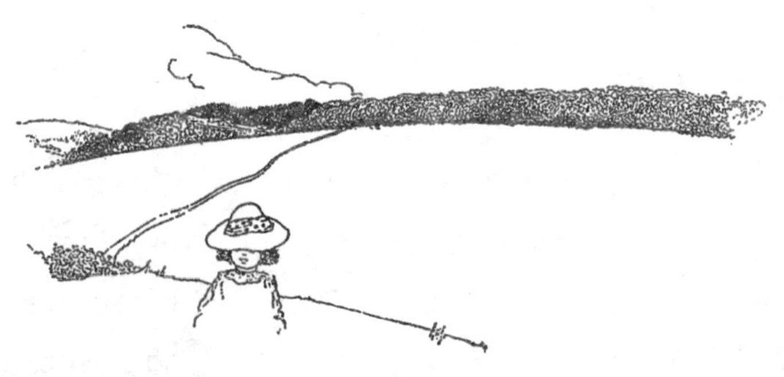

花园里的懒虫，所以我们觉得他还是待在家里为好！）前几天，一位当地的商人将这位劳苦母亲的房租升至 6 便士，这养着一大家子的女人偶尔会来洛基别墅“化缘”。当她抗议时，商人幽默地说是劳埃德·乔治先生“逼他的”。

商人总是用花言巧语来说服人们。若是定要找出个证据来证明这一点，以下事例就是其中之一。当地一位洗衣店老板每周都在德文郡四处宣讲他和他的员工所经历的幸福，这样他一周可有六镑收入。

比如说，法律规定果蔬商每周要支付给助手不少于 4 便士的工钱，这令他负担不起，但他还能让那个愤懑的年轻人帮他赚取 3 便士！更糟的是，面包师和果蔬商可能还要在助手那儿多收点钱来弥补损失。

劳埃德·乔治先生表示，那笔大额的补偿是为了果蔬商能在他的镇上提价！事实的确如此，虽然有时候这行不通。在穷乡僻壤，他的资助人都自身难保，因此他们彼此都减少了贸易往来。

“不过看看这个不幸中的慰藉！”果蔬商的妻子在迈入老年生活之前会一直消费，这着实累人，几乎就是诅咒！

再看看那个富有舒适的阶级——大房产的劳工，这人免费（或许稍微付点房租）住在他雇主的地方，那树林和花园里产土豆和牛奶，应有尽有，还有一年到头的稳定工作，他简直赚到了。好家伙！“最低薪资”，便宜的住房，固定的时间，神圣的半日假，这听起来似乎合理极了！

这个宣传大师对待工作十分敬业，难怪最近在碰到年轻的乡绅时，他感伤地抱怨道：“我这些像样又安稳的虔诚乡民几小时内就变成了狡猾的疯子，原来是在客栈被这种大肆宣传的福音洗了脑。”

当然也有人需要这个，即使没有政府密使，也没有财政部部长为他们点醒这种光明前景，这种“和平罢工”一般也会发生。但其结果又是如何呢？半数房地产雇主依然能够支付得起工钱，还能提供全年零碎的工作。当活儿减少时，那些拿着过高的报酬，不利于运营的员工自然会被解雇。我们讲到不利于运营，考虑到若是连老员工都做不到休戚与共，如何指望新的友好关系得以维系？不言而喻，这就是最终目的。这块土地将由像济贫院、监狱、感化院这样的地方管理，我们都知道英国政府在这些地方取得了辉煌的成就。我们也知道穷人们是多么喜欢济贫院，他们在里面可欢乐了。不过，每本警方的记载里几乎都写着某个因为叛乱而被判监禁的绝望流浪汉。哦，毫无疑问，若是这些无私且勇猛的工人寻到生存之道，英国将会成为一个多么幸福安康的国度。

（我们知道）在一个自愿发起的贫民机构里住着一百五十个老伯和九十个老妇人，在五个修女和声细语的照顾下，他们过着幸福快乐的日子。波特贝罗街的警察成了摆设。因为在那里老年人能受到尊敬和怜悯，他们每日低调简朴地吃着粗茶淡饭，恪守所有清规戒律，根本没人能猜到这是个多伟大的壮举。

然而，宗教问题不久就会得到和土地问题一样的处理，因此也无须做些惹人反感的对比。男孩女孩们在婴孩时期受的教育告诉他们，国家从此代替上帝。这是一个多么温暖舒心的教条呀！这增强他们的生存技能，缓解他们对死亡的恐惧。那里没有上帝，但有一位财政部部长和一位内政部自信的绅士，小男孩呀，你既不是被创造的，也不是被救赎的！我们这儿没有祷告来指引你，这儿也没有圣父，你自然也不需要遵守神圣戒律。这儿也没有圣事来净化升格你的灵魂——因为小孩们根本没有灵魂！值得高兴的是，你是自然进化而来的，我们国家哺育、指导你，为你创造美好的生活。我亲爱的孩子们，看看那本法律。这些法律条款都是你必须要遵守的，当然，除非你走上罢工之路，成为一个妇女参政论者或者组织政治投票。它也为你描述了监狱的样子，里面都关着盲目拒绝保障措施的人，看看那鼓舞人心的面容，那是政府首领的头像！至于周末的消遣，我亲爱的孩子，你们可以去电影院看看《克里平案》，还有《猎犬沟渠街道偷盗案》和《列车粉碎案》，等到新的理论发展成熟后，就不需要私有财产这样的东西来限制一个自由人的自由思想，一套自己的房子和一位妻子！——呸！

“想必，无疑的，”一位年轻自由党下院议员对一个天主教徒如是说，“没有一个神志清楚的人会建议学校继续进行宗教教育，这将引来一个不可避免的结果，就看看你们自个儿教堂的例子吧。法律管一件事，教堂管另一件！例如离婚，不容置疑的是……”

“尊敬的大人，”天主教徒打断道，“我们不这么认为。照您看来，人类定的法律要高于上帝的法律咯？”

“当然，你难道会教小孩子去违背那些有利于他们的法律？”

天主教徒脸上浮现出怜悯的微笑。

第二十一章

那个绝妙的房屋还带有油绿的草坪和美丽的花园，这让人觉得必须得把那丑陋的瓷砖和砂浆清理掉，所以这份美丽中也有种悲怅。

昨天，罗拉的家庭一路驾车飚了五十里，去参加伦敦附近一个花园的派对。

那个绝妙的房屋还带有油绿的草坪和美丽的花园，这让人觉得必须得把那丑陋的瓷砖和砂浆清理掉，所以这份美丽中也有种悲怅。

离开那条不美观的狭窄街道，它旁边还躺着一条哀怨的电车轨道，沿着轨道就会驶入一条清凉的乡村小道。正如我们昨天经过时所见到的那样，那道长长的林荫道两边是宽阔的田野，新割的草地镶嵌在银色的农田里。这个乡村相当平坦，但是它有着盎然的绿意，随处可见的河流和树木给它披上了一种独有的英国式宁静。

洛基别墅的女主人带着敏锐的眼光参观了花园，首先让她心颤的是位于第二间小屋的小花园，那儿的金银花简直太美了！她觉得那里曾是一个拱门，因为它的中间有点类似于三角墙顶端。不开花时，它彰显别致的设计，墙上繁花似锦时，它展现大自然的奢华。她从未见过这样的景致，便想在茅草屋前也种植金银花，正如她之前所言，她如今是满腔热情，还有什么理由阻止她在房子不远处种一个篱笆的金银花呢？这事儿已经定下来了，十一月的时候，她会先买个五十株试试手。

我们一到美丽的“亚当”之家，薄雾笼罩的雷雨天气就消散了。这草坪势头正旺，雪松将树影投在金灿灿的草地上，锦簇的花朵在精心设计的背景下显出勃勃生机。就算是在最狂野

的梦中，洛基别墅也依然无法与这伟大又精致的地方相媲美，不过这儿随处都是借鉴。我们不能在阶梯草坪那一大带黄色蒲包花的上方大量种植金色的珍贵枫树，不过，在草本花坛内，三四株蔓性月季与其后的紫红叶、银叶日本枫树相间而生，这栽种相当有指导意义。

我们之前不知道那矮小的亮黄色夜来香凑在一起是如此迷人。龙面花，又名“蓝色的喇叭花”，已经成为了我们每年期盼的植物，因为蓝色的花实在是太稀缺了。

我们几乎给它们都做了小标记，虽然也不晓得今年这时候是否能收获点幼苗。不过，明年龙面花这可爱的小植物就基本上在我们的计划内了，它将灿然绽放蓝绿色的细腻花朵，而龙面花间的风铃草花丛却低调冷艳，我们也打算种植这花。

今年玫瑰墙也不可能不成功，它有大约 10 至 12 英尺高，以茂密的蔓生玫瑰为主体，中间还填着更大朵的玫瑰，向下一直延伸到树桩前的草皮边缘。因此，在最顶端便出现了多花争艳之景。我们也想不通为何，即使是在一个小花园里，也无人效仿这样的效果。

红色天竺葵只可远观不可亵玩，它们对我们来说就是稀有物种，好比一年前我们在附近一户百万富翁的家里发现的天芥菜，它们从紫红色的堇菜丛中冒出头来。我们那雄心满满的女主人渴望在自家花园实践一下，但她知道，这种渴望是无休无止的。

我们对马鞭草属的“大刺芫荽”的长势担心又失望，连续两个夏季，它们都是如此。尽管它们来源于一家知名的商店，但去年才隐约现出“五彩缤纷”的样子！今年，为了保险起见，我们从一家当地的苗圃订购了些专门适合在我们这儿生长的幼苗。这家黑心商却只寄来些少得可怜又快枯萎的苗子，它们不可能在几周后成什么气候。我们本来绝不会接受它们，但不幸的是，这笔交易进行时我们正好不在。我们特别想清理好这花床，把天芥菜和常春藤叶天竺葵种进去，现在再种其他植物为时已晚。园丁们实在是恼人！他们和厨师一样冷漠，能安然若素地接受这结果，我们对屋里的几株风铃花相当上心，它们已经完全长开了，紫的白的把地上的康普顿盆栽装扮得漂漂亮亮。

茅草屋前的平台和楼梯都美得令人称奇，颜色安排——橙黄的窗帘，灰色的地毯——冥冥之中契合这个带着罗马风格的小地方。在圆形凸窗里有一尊大型的白底座的萨莫色雷斯胜利女神雕像复制品。我们全年都会在雕像前摆上花盆，通常冬季里摆放的都是我们最满意的橘子树。

我们明天就要离开这个小天堂了！不过，在这过渡阶段，这还比不上我们完全失去杜鹃花时的痛心。对于任何性情急躁的人来说，第一次种植花坛植物都是无尽的折磨。

今天下午我们会秘密地绕着“小行星”转，虽然亚当对此表示反对，但我们是它的虔诚信徒。

在花园工作的时间越长，我们就越明白野心不可取这个道理。没有一个外行——无论他的视野多么开阔——应该尝试全凭一己之力培育“天然花园”或者“沼泽花园”。这并不是指林地里飞舞的野花种子，而是指为了安置幼苗去挖掘那些无害的不显眼的田地和河岸，在那种特殊的地方和土壤里，这些幼苗显然不会自在生长。最糟的是，被所谓精神视觉蒙蔽了双眼的勤劳工人往往都无法发现物质是毫无丁点价值的东西。

“我们必须收割草坪，在上面挖洞。”几天前，一个热情的园丁邻居对我们说道，他骄傲地指出糟糕的土地，这片土地无比泥泞，它就这么死气沉沉地躺在绿油油的牧场旁，他继续说：“我们认为那些东西现在可以派上用场了。”

这些东西——可怜的白色三色堇，以及其他最不能适应花园的植物们——彼此相隔很远，看上去病恹恹的，虚弱极了。不管怎样，就算它们最终也会盛放，那草地本就美在其自身，无须这样的装饰。但我们无心聆听他的话，于是便说：“那真是太好了。”同时，我们自己也得到了前车之鉴。

我们在荷兰屋参观园艺展览，即使是最谦和的园丁也能从这姹紫嫣红的展品中学到些什么。不知是否能在沙地上方的某地建个游泳池？这样的话，我们何不在它的一侧建一堵粗面岩壁，并给它铺满雾紫色的假荆芥、淡黄色的小型毛蕊花，还有淡粉色的绣线菊。然后还有一层神秘的鸢尾花“晨雾”，让一尊修长的小雕像从水面升起，这既平静又奇妙！我们曾拥抱过那可喜的场景吗？水面另一侧的平坦石板路两边都是鸢尾花，它们可以自由潜到水里去，那儿只有两三株摇晃着花瓣的金色睡莲。天呐！若是我们足够富有，我们这花园一隅简直会美不胜收！

啊，还有铁线莲！我们惊讶地发现这儿还得收七先令六便士的门票，不过它的确值这个价，因为我们对这十二株迷人铁线莲的起源地，矫情点说，是对它的文化深深着迷。

此外还有玫瑰、康乃馨、一种亮红色的光叶蔷薇、雏菊和极为美丽的蔓生红玫瑰，它们都经典且分外美丽！那儿还有两三株不知名的幼苗，散发着苹果花开时的美丽，我们对它们觊觎已久，可惜它们还未上市，旺盛的苹果花开最能描述这些新幼苗绽放的样子。价格高昂但最迷人的要数斑驳的金色常春藤，它们已种下了十五个年头并且每株至少要六几尼！我们还能再等个十五年看如此盛景吗？不过这又何尝不可呢？种植商向我们保证它们的生命力极强，且越修剪长势越好。还有这些金色的小球！长在一个玫瑰园顶端或乱石墙上的百合往往最美。

我们买了一种价格为三先令六便士的新型化肥，这种新产品能保证让这片死气沉沉的草地在十天内展现出如乌得勒支酢浆草般碧绿的样貌。

“小姐，您想让您的草坪也如此浓绿吗？”一位掌管这块草地的红头发年轻人问道，他觉得这草地看起来不像是真的，倒像是上次提到的人工合成型草地。

“当然想！”我们说道。

“啊，小姐，请不用为我遮阳。”红发少年受宠若惊地回应说，“向您保证，我这样好极了。”

那天，洛基的妈妈身着法国五人执政内阁时期[1]式样的黑色与乳白色相间的那条古典条纹雪纺裙，头戴同时期那荒谬的网纱帽和一枝妖艳的玫瑰（虽荒谬但也不是不得体），她突然沉醉于这个疯狂的慈善举动，为红发青年遮了一下午的阳。后者却一直滔滔不绝地向来客兜售新化肥！毫无一丝羞涩。

“我的确觉得这样很热。”他淡淡地说。

---

① 法国五人执政内阁时期（1795—1799），推崇古希腊罗马的古典风格风气，为女性服饰带来了较大突破。

第二十二章

人们对狗都有着相同的喜爱情感!

再重申一次，洛基是伦敦“独一无二”的狗。他现在蓬头垢面得不得了，除了他特别的朋友——朱文诺，没有家人能够或者愿意为他洗澡，而这位特别的朋友正好外出度假了，可怜的洛基并不能意会到这事儿。他连着好几次冲出房门，奔下楼梯去看他的朋友是否回来了。最后，在他的期待耗尽时，他猛冲到他管家的房间，不依不饶地等他同意。他开始撕咬衣服，我们觉得洛基认为朱文诺也有在被单下打滚的癖好，真是只奇怪的小狗！他的情绪如一位贵妇人般多变，每逢他强忍怒火时，他如小鳄鱼般的后面的小腿会向外伸出。这是他想要“狗吠”的信号，我们把这戏称为狗语中的“吼一吼”。

人们对狗都有着相同的喜爱情感！几天前，在洛基的祖父从沼地启程之时，他遇到了一户也要去伦敦的家庭，他们带了一只极其忧郁地垂着头和尾巴的小北京狗。洛基祖父一言不发，同情地看了它好一会儿，最后他忍无可忍，便前倾身子，郑重其事地对北京狗的女主人说：

“您家小狗想要吼一吼！”

“哦！这我们知道，”那位女士激动地喊道，“我们知道他想！他本该今早做了这事儿，只是当时我们在旅行。”

一种神圣的不满足似乎是花园野心的必然伴随物，除了在春天，洛基别墅的女主人每次总是回到家都会失望透顶。这次，她看到了圣女玫瑰骄傲笔直地攀爬到上层土墙，她的蓝色花坛绝不会变蓝，新的草坪将苍翠欲滴。我的天，那百合得了百合

病，见鬼！无论她怎么做，那蓝色花坛也永不会再蓝了，牛舌草也枯萎了，自她回来后的三个礼拜旱情严重，一滴雨也没落到这片幼嫩的草地上，这种情况产生的结果可想而知。

我们珍贵的种子全军覆没了！我们曾认识一位美国人，他的女儿嫁了一位穷困潦倒但家庭背景雄厚的英国年轻人，可是，这个男人在家里没什么地位。结婚前一天，他的未来岳母把他整得惊慌失措，这个一直以来都亲切温柔的女人挽着他的手臂，带着他巡视婚礼到场的人员，每走一步她都要停下来问："我怎么没见着你的叔叔 A 公爵呀？你的表姐 B 夫人呢？还有你的大姑妈 C 公爵夫人呢？"

我们也想这样带着种子商去温室架子里走一圈：

"木犀草在哪儿？"我们会问。

"那密密麻麻的红色马鞭草呢？还有花烟草盆栽呢？"

第二十三章

在他的想象中，命运赐予了他一份“财产”，他在修理景观、分类草木、设计方案等方面都做得很出色。

家主承认，他不能完全理解这本书某些地方提到的园丁的艺术，书上说："就是在适合的季节在土地上种花的艺术。"不过他自诩自己有园林天赋，不过是在更广阔的空间，而非洛基别墅的几亩地中！在他的想象中，命运赐予了他一份"财产"，他在修理景观、分类草木、设计方案等方面都做得很出色。

在别墅，这个臆想的特殊才能也就只能谋个清洁工的职位。不过自从我们搬来这个小山坡，清洁工作绝非易事。除了屋外那一圈阶地和小屋的厨院，这一整个地方就是一大丛点缀着石楠和金雀花的严密灌木堆。那儿只有两条顺着高海拔延伸到农舍厨房，纯粹为通行方便而建的小道。

树林下的草丛是如此茂密强壮，有自然生长的冬青、成年的落叶松和其他松树、年轻的梣木、橡树和未成熟的栗树，它们与荆棘和金银花交错相生，缠绵相拥，成熟的树干在里面很难被发现。

显然，林荫的美丽从根本上取决于阳光穿过树叶和树干洒下的光影效果，以及窥看的距离。无论从哪个方向看，视野都畅通无阻，当然，除非有人刻意要遮盖一些不美的景色。因此，或许可以总结出一个准则：如果树木要赏心悦目，下层林丛就必须作出牺牲。

首先，有的树木成长缓慢且禁不起长柄钩镰的一两次挥砍，出于对它们的尊敬，人们往往就会于心不忍。一想到要砍掉这些幼嫩的花朵、春日里苍翠欲滴的幼苗以及无名却诱人的灌木丛，人们就会良心不安，好像“根绝了它们”似的。不过转眼你就会明白，你必须狠下心，无情地把这矮树丛彻底地削去。

这儿一直以来都体现了一个主人精心的设计，尽管在许多情况下，主人一开始几乎都会含着泪痛苦地悲叹道，是他让这个地方“过于单调了”，不过如今人们大体承认这设计值得夸赞。

无疑，这里也存在些问题。例如就冬青抑或是花楸树而言，新手较难区分出哪些树丛有可能适合装饰冬珊瑚，哪些不行。

期待着我们的冬青能在旺季有出色表现，当花园里所有亮丽的色彩都消失了，这一抹正红会多么惹眼！我们后悔当初没有多种点这植物。不过若从整体来考虑，这是个明智的决定。

首先，那块在它坚韧多刺的暗色叶子阴影下的土地将寸草不生，即使在荫蔽下，它们也比松针毒性更强，更具攻击性。其次，冬青在这群成长的树之间极其横行霸道，它的生命力和冲劲举世无双。年轻的冬青会推开周围最强韧的树枝，抢占“在日光下的地盘”，并且不惜剥夺橡树、梣树以及其他一切向阳植物的需求。

不过，由于冬青令人生畏、永不凋零的叶片和格外旺盛的生命力，它最适合生长在紧密的篱笆上。又或者在某个庄严的与世隔绝之地，毫无顾忌地挑衅，它能自由生长到应有的尺寸，并将每时每刻都散发着光彩。

首先遭受袭击的是一个曾为未知地域，现叫做“蓝铃沼地”的地方。它不得不依靠体内的汁液像一座堡垒一样抵御侵袭，除了那些完全长开的大树，其余的无一幸免，这破坏是如此之大。我们首次远眺自家土地，当然，是在最高的平台上，我们透过树梢欣赏到了美丽广阔的景致。这景致相当令人满意。

灌木丛的战争会持续下去，直至可喜的局面显现。如今在各个方向，无论上山下山，不管是沼地或者山谷，又或是土地的某一角，已是青草葳蕤、万紫千红。

芳草是洛基别墅最难得之物！想要驱逐芳草的头号天敌——灌木丛、石楠、金雀花以及欧洲蕨——是难如登天的成就。洛基的祖父想让众人知道他有这个特殊才能。

亚当（命运般地）现了次身，他不请自来为我们的花园提供了服务，就在那一天，前“园丁”——一个磨刀匠也来了，我们曾出于善意把“园丁”的职责托付给他。不过真抱歉，最后还是将他解雇了。

先不管这个已故的磨刀匠是何其不胜任这强加给他的头衔，他毫无疑问是一个精力旺盛的工人，但一个人担起大清理的工作简直是天方夜谭。因此，那个卡利班（现可能也“已故”了）作为一个木匠，以一位劳工助手的身份加入了我们。

铲除灌木丛绝不是最费劲的活，让灿烂的日光和自由的空气进入这个阴晦窒息的土地吧，在既定的时间内，小草就会探出头来。若所有低树枝都经过修剪，它会茁壮地生长到一个合适的高度。但我们不只想要在沼地里见到小草，如果可能的话，我们希望每一寸土壤上生长的不止是花床和装饰性树丛。为此，我们也将永久驱逐石楠和金雀花，方圆几里的石楠和金雀花沼地，各种欧石楠，当然还有荆豆，无论它们在原产地何其闪耀，都在我们的花园里显得过于突兀。

众所周知，从广远的视角看，石楠不管是棕色、绿色还是紫色的都曾是地球美丽的斗篷。不过，它在分散的田地容易变得荒废蓬乱。至于金雀花——黄金时期的金雀花丛无论是在路

边还是在花园中无疑都是璀璨夺目的——细细观察下，它却有一个粗糙的布满灰尘的不洁样貌，这相当不利于它的种植，它所有的美都显现在了它的花朵上，仿佛某种萎蔫的疾病让它的内部和底部总是干涸结痂，至少发育完全的植株总是如此，尽管它在幼年或刚从修剪过的树枝中抽出嫩芽时绿得悦目。

对于有经验的人来说，也许根绝石楠是件再简单不过的事。不过他马上面临一个失望的现实：若想要长出草来，这种表面的处理方式根本无济于事！那几尺深的多泥炭土地（石楠千千万万代的产物）与任何类型的草都水火不容。只要金雀花的地上部分被斩断，它深且长的强韧根系就会焕发活力与朝气，深入地下。你或许认为你已经处理得当，可是不出几个礼拜，那株碧绿金雀花的漂亮小枝条又会愉快地窜出来，宣誓对这土地的占有权。

任何在这样的花床上播种的种子只能成为天上飞鸟的食物。家主不得不吸取这教训，并为此错过了多个季节。（显而易见，他完全在那方面充内行，同时也不太愿接受磨刀匠的意见！）亚当接替职位后，他指出挖沟和拔除那些历史悠久的枯藤，以及翻转压实土壤的重要性，这日盼夜盼的芳草才终于出现。不过这工作需要尖嘴镐、斧头和铲子的协同配合，这可让卡利班忙活了整整一周。

我们现有许多长势良好的绿地，虽然石楠和金雀花仍称霸其上，但它们注定某天会升级为草坪。这些最近刚从灌木丛（我

们想当然地希望它们能变成盈盈绿地和小山谷）中解脱出来的这些土地为我们提供了新的期盼。

我提过欧洲蕨了吗？欧洲蕨！这个我们土地上永恒的问题，除了翻耕以外，没有什么方法可以真正并且永远消灭这泛滥的欧洲蕨，这是一种无处不在、永恒不灭、令人气恼的蕨菜！

多年的经验让我们明白这个道理。第一次对它有点概念是在外出几个月后回到别墅时，我们欢喜地发现珍贵的林地（在大清理之后，它一直布满了草）覆盖着一块嫩绿厚实的地毯，健壮的蕨类植物形成的波浪状土地已经与胸齐高。

就其本身而言，这景色称不上是恼人的，朝气的青葱植物清新悦目，也没有非常妨碍视野，但是，我们想要的是草坪。终有一天，在各自的旺季，荷兰番红花、樱草花、蓝铃草、水仙花、毛地黄、秋水仙会开得璀璨夺目。

现在，蕨类植物在它繁茂生长之地享受着一整片慷慨的日光，把所有比它个儿矮的植物留在阴影里。

我们愁闷地从那些或许知道该如何做的人那儿取了取经。

“哦，”每个人都自信满满地说，“一年剪两次，你就能除掉这些欧洲蕨了。”

“你成功了吗？”不同于常日的平和，家主这话透着固执与憎恨，他感到自己必须再以第一人称的形式问一次，“你成功了吗？（这次则话中带刺）我告诉你，先生，这三年来我不是以每年两次，而是以四次或者更高的频率来砍那些该死的蕨菜。”想象一下家主是怎样怒不可遏地指着清理过的某个角落，那儿最近正好没有马铃薯或石楠造访。

“看这儿，”家主强调说，“我上个月独自清理完了所有可见的欧洲蕨！”

好吧，实际上，除去义无反顾地在这儿生长的欧洲蕨，这块奇怪的土地上还点缀着二十几，不，几百株强劲的嫩枝。某些似“权杖”般蜷曲着身子，另外一些则肆意地在阳光下伸展树枝，目无法纪，坚持不把阳光筛给在底层艰苦挣扎的小草。面对这一夜能长三英尺的怪物，这些谦卑的小草能有什么胜算？若再靠近点看，你会观察到一群娇弱的分枝欣欣然地从深处某个古老的地下植物那儿探出头来，它不计其数的脑袋在近日里艰难植下的草堆间探寻。

一年两次，真的！时至今日，为什么在这条三年前（没错，就是三年前！）建造的路的正中间，你仍会发现一株汁液充沛、茎秆笔直的健康蕨菜苗子，它正在长出鲜绿的枝叶，仿佛在对抗各种形式的驱除。

最终这场尚未停止的驱蕨之战所带来的结果就是顽强生长的蕨类开始显现出屈服姿态，这些每年带着那敬业的固执按时现身的植物们逐年变细了点。

“如果你是在它们年幼的时候把它们砍下来，”亚当用一个残忍的画面安慰他说，“它们的根就会干涸而死。”

在洛基别墅居住的家庭对花园事务有着独特的信心和渴望，我们期待在未来几年内能看到那茸茸的绿毯子从山顶一直铺到山脚。

不言而喻的是，只有不懈的劳作才能确保这个理想中的完满结局。有时近两小时断续的砍伐磨钝了这个除草锤，家上（他贸然发誓要达成这任务，且认为自己注定会亲眼见证这一刻）在它旁边小憩时，心中突然燃起一种近似怀疑的东西，他计算了下余下的土地，发现还剩好几亩，若有七个人，七把除草锤，那也需要半年才能砍完。

这好比西西弗斯[①]的巨石！达那伊得斯姐妹之桶[②]！阿哥里斯的九头蛇和它无法消灭的脑袋！这些神话中的故事致命般地让他陷入深思。

这旷日持久、永无止境的“欧洲蕨大清理”那空洞重复的节奏容易侵入昏沉的脑袋，这类似于缓行列车的车轮偶尔会发出的那种规律的碰撞声。

这盘踞心头的声音——不知能否驱散——是“梦魇”响铃，

① 西西弗斯，希腊神话中的人物，触犯了众神，受到的惩罚是把一块巨石推上山顶，巨石每每未上山顶就又滚下山去，前功尽弃，于是他就不断重复、永无止境地做这件事。

② 达那伊得斯姐妹之桶，希腊神话中犯杀夫罪的49位达那伊得斯姐妹死后被罚在地狱中永不停息地往一个无底的桶里注水，后人用此语喻指“无底洞”。

马克·吐温写道：

检票了，售票员！小心了，票要检！
绿色票，两分钱，
粉色票，三分钱，
检票了，检票了，票要检……[①]

这节奏简直无休无止。

这有些恼人的词或许不够确切，但这的确就是我听到的声音，它让令人郁愤难解的除草工作律动起来。手头上这份显然徒劳无功的活儿会触发出某种反复的词句，如西哈诺[②]看到永生的敌人垂死之景：

不，知其不可为，而偏为之，这才神奇！
我知道，我终将战败！可我还是会战斗，我会战斗！

霍夫曼会乐意将这种完全无法调和的萦绕称为“不幸关联——相互依存性”！神话人物从青春记忆的浮云中飘渺地升起，长诗《海象和木匠》的旋律历经数千次的演绎，一首美国的短曲在初次不经意的朗诵后又消散于一场列车旅行中，无人

① 马克·吐温创作的顺口溜《蛊惑的旋律》，颜林海译。
② 西哈诺，法国剧作家埃德蒙·罗斯丹作品《西哈诺》中的主人公。

再忆起它，罗斯丹[1]张狂的诗句从过去某个遥远荒芜的角落散落到这个花园。这一切都是我们在除草时所联想到的事情。

今天我口干舌燥、汗流浃背地锄着蕨菜，脑海中反复播放的是与当下截然相反的画面。我想起了布瓦洛[2]讽刺诗《经台

① 罗斯丹（1868—1918），法国剧作家，生于官吏家庭，最初写诗，曾出版诗集《嬉戏》。

② 尼古拉·布瓦洛（1636—1711），法国诗人、文学理论家。著有《经台吟》。

吟》中谈及理发匠的那句令人费解的诗句：

……那温柔的手

一杯酒在蕨菜中笑

另一句来源于盖兹希尔的自我吹嘘：“我们悄悄地在一座城堡中移动，百分百确信：我们有治理蕨孢子的秘方。”我突然想到，对洛基别墅来说，若是祖传的治理蕨孢子的秘方是正确的，那么今天就是对蕨菜的大屠杀能起到抑制它今年繁殖的最后一日，明晚不就是“圣约翰”前夕吗？

人们总是不禁思考，为何我们不能充分利用这些植物财富？昔日里，人们的确会把它收集起来，在蕨菜干燥的情况下，它曾被大量用于制做茅草屋顶以及担架。在法国的某些地方，幼嫩的蕨菜还成了牛马的草料。不过如今，郡议会禁止人们建茅草屋顶，牛马对于担架和草料又是百般挑剔，所以它们的这些功用也消失了。

若我没记错的话，在法国的一些地方，穷困的人们会以蕨菜为食。这让我想起几年前，上一任日本大使在餐桌上正巧提到芦笋时，他对我们竟然不用在英国平凡到遍地都是的蕨菜做道菜感到惊讶万分。

他表示在他的国家，人们在嫩芽仍处于蜷曲的囊钩状态时就开始食用它们了，谈到这话的时候，我们正在吃着那健康营养且味美的芦笋。

烹饪蕨菜的方法简单易学。先把刚剪下的囊钩在浓盐水中煮到半熟状态，然后立刻把蒸出苦汁的第一锅水倒掉，再把沥干的嫩芽放在充足的净水中烧煮，之后再次细细沥干，拌上油或黄油，与我们的浇口极其类似。

终有一天，我要小试牛刀。不知食用嫩绿蕨类的心情是否如野人吞噬掉仇敌那样喜悦？

与此同时，为了让其他的植物生存，我们依旧必须每天进行这种对蕨菜的大屠杀。

第二十四章

今年，里昂玫瑰突然开得奇盛，是有史以来金色和粉红色组合得最成功的一次，落日余晖洒满了它们的花瓣。

今年七月连绵的阴雨天为村里恶行的爆发创造了完美的条件，酒吧确实不间断地提供能刺激一个平静的人犯下凶残疯狂罪行的兴奋剂。

外出期间，卡利班（读者或许还记得这位曾在我们这幸运的岛上工作，并且总是在地上爬着摸索的人）一下子撕掉了所有人性的伪装。就算凶猛如野兽通常也都是好爸爸好丈夫，为何要拿它们与那些刻意毁家的人相提并论呢？那些人殴打妻子、吓唬孩子，把钱挥霍在会彻底毁掉健康的嗜好上，这所谓的高等生物才有的堕落行为着实令人困惑不解。

不管怎样，卡利班被迫换了一个又一个工作，我们该用爱尔兰语说，某天他醉得无视当地的商品菜园经营者，毁了一整个温室的西红柿，并把他的妻子和孩子逐出小屋，只留醉得不省人事的自己和他年迈但同样酗酒严重的父母做伴。这一次事件发生后，这地方再也没人敢雇用他了。次日早晨，这对道貌岸然的老夫妻恢复了思考能力，他们把脑袋凑到一起低声商量，在卖掉了家具及一切值钱的东西，甚至包括属于卡利班妻子的小饰品后，他们一起逃离了这地儿。

卡利班夫人双臂抱着一个婴儿，带着两个穿着裙子的小女孩，开始为了养活家庭而工作。她是一个勇敢的女性，无疑的是，当她赚够了钱，卡利班又会重操“旧业”。她渴望逃离却不能如愿，因为不知她的房东和雇主会在何处。

害群之马二号的妻子可比她要幸运一点。上星期六，当可怜的穆顿夫人钻进花园来见我们时，我们正好友好招待了一对周末观光游客。穆顿夫人眼睛乌黑，一根拇指脱臼，她告知我们她丈夫威胁要“了结了她”，她为了保命逃跑了。“他没醉，”她歇斯底里地解释道，“他就是疯了！”

穆顿先生的玩世不恭在当地可是出了名的，除了一个理发匠，没人会愿意为穆顿夫人提供住处。

不过，在穆顿先生没有来找她的情况下，这可怜的夫人浑身发抖，称她不能回去，就这样在恐慌中度过了一个小时。她说，一听到脚步声，她就颤抖不已。

“夫人们，”她说道，并朝一个个怜悯的听众们转了转她绝望的双眸，“你们完全无法想象像我这样可怜的女人过着什么样的日子！”

她昨日外宿一晚，时刻担心着害群之马那把从不离身、备以急用的枪。家主的第一个念头就是要保护这个女人，这个戏剧性事件形式诙谐，还带着些许恐怖色彩。她的小屋在另一个郡的尽头，那儿九英里之内没有一个警察有权干预这件事。周末度假游客中的一位“年轻女士”动身去找了当地最近的一位治安法官，向他说明了案情，却还是徒劳而返。穆顿夫人必须亲自前往那个遥远的郡城，正如之前所言，穆顿先生很出名，就像伏尔泰的哈巴谷，他可能无所不为。

难道当地的警察就不能把他的枪收走吗？不可能，任何警察都不会处理这件事。

穆顿夫人及时发现了一辆能载她去围场镇的公共汽车，办妥了所有合理的手续后，她接受了治安法官和一位律师的询问，在他们的帮助下，她得以与桀骜不驯的丈夫隔离。穆顿先生的律师建议他不要进行辩护。如今，她加入了卡利班夫人的战线，享受着安稳的岁月（我们相信这不是暂时的）。

“哦，小姐！”她大声描述着这种意外情绪，“我太高兴了，我都怀疑这不是真的！”

她的丈夫在路旁徘徊时表现出来的那种令人恐慌的礼貌让我们略微有些紧张，我们知道他内心仍然有怒火在烧。当地警察尽管有围场镇的授权，却不知在他使用枪支或餐刀进行暴力犯罪时，他们是否可以进行干预。

多萝西·潘金开花了，为了展现火焰玫瑰最绚丽的姿态，它们只在霜降后的秋日绽放。据我们所知，它们和美洲茶以及有“凡尔赛荣耀”之称的优雅花朵可以在一个长玻璃瓶内融洽相处。

那个新玫瑰园绝对可以大获成功。卡洛琳玫瑰的花瓣饱满、颜色粉红、汁液充沛。在这新玫瑰园中间的一块草皮上，有一个大型马耳他岛形状的花床，其余的三块花床都分别种满了杂交黄玫瑰，它们开得尤其成功。还有叫“朱尔斯·格罗斯夫人”的深粉色艳姬，只是它暂时还未绽放。中间的花床则献给了绯红的蔓生月季。

蔓生月季硕然绽放，其背后是连接南北两块玫瑰地的拱门，五月皇后大朵大朵的亮粉色花朵还有奶油粉的保罗·特兰森在同一根花柱里争相绽放，令人为之倾心。彭赞斯荆棘的篱笆虽离地仅几尺高，却伸出了花朵密布的长枝条，其色彩从浅樱草色到猩红色不等。

新玫瑰园西边被一条冷杉大街隔断，尽管所有内行对此都不甚看好，但我们依旧试图引导白色和红色的光叶蔷薇向上生长。伯爵夫人席妮提是一种精致优雅、着色柔和、奶油粉色的玫瑰。实际上，它的学名为“三文鱼”，但这个词太糟了，我们还是偏好用别的词展现这幅画面。

莫让任何习惯于英国多雨多变的气候的人对科歇妈妈抱有信心！不管经历何种规模的淋浴，它沉甸甸的花蕾都会彻底湿透。设想一下，若是在南方花园里，这贵妇该是何其光彩照人，或许它在温室里也能长势良好。不过，就像很多其他花朵一样，它无法在逆境中生存。

温柔悦目的卡洛琳在任何天气下都保持着它与生俱来的微笑。它就是“面孔圆胖的少女”、玫瑰中的蒙娜丽莎，连它紧密折叠的硕大叶片也让人想到那被高估的魔术师小而结实的手。人们很难惊扰它的这种平静以及淡雅冷漠的美丽！

今年，里昂玫瑰突然开得奇盛，是有史以来金色和粉红色组合得最成功的一次，落日余晖洒满了它们的花瓣。

这些创造新奇效果的尝试也并不总能成功，印象中也有些狼狈的成果。就有“金色阳光”之称的奥地利石楠而言，它的颜色、形状还有柔软质感都更像是一个被一分为二的红橙。从远处看，这明亮的圆圈魅力十足，但我们应该将它推荐给那些还未欣赏到它细腻花朵的人。标准垂枝型玫瑰大获全胜，尽管还是栽种的第一年，它的枝条就已经缀满了可人的小花，更令人欣喜的是它持久的花期。它们有着麝香味儿，点点金色像星星一般妆点在绯红色的花朵之间。

别墅鲁莽愚蠢的女主人曾三次犯了同一个错误，那就是忘了弄清那些她盼着能一同绽放的植物的花期。因此，四株标准垂枝型玫瑰远早于四株多萝西开放了，标准金色阳光也远早于康莱德·迈耶斯出现在百合人行道上。粉色和黄色的鲜明对比也是我们一直憧憬的效果！

同时，她也期待着花冠玫瑰能够盘上蓝色花坛对面那多萝西·潘金长枝末端的两根华丽的白柱子。

但是在多萝西还没花团锦簇前，花冠玫瑰就开始凋谢了。

花园里上层花坛的天芥菜、半边莲和攀爬美洲茶依旧保持着淡蓝色，未受到白宠物（顺便一提，它已完全侵蚀红脉珍珠花）及淡粉色的常青藤叶天竺葵开花的影响，但是除了上层花坛，我们觉得这花园正在变粉。荷兰花园里的马鞭草、红蔷薇、樱桃色的常青藤叶天竺葵和遍地渐变的多萝西让那儿成了一片粉海。

明年我们必须要有更多的钓钟柳，它们既迷人又美丽。在花园里，所有美丽的植物都是美好的，这是它与天堂相像的另一点。

我们想要一个能为我们带来一场视觉盛宴的花坛，那儿有多年生的石头花，还有大丛大丛的香蜂草、钓钟柳和薰衣草结伴争奇斗艳。

离这不远处的一个生机勃勃的花园里有一条小径，洛基祖母对这个花园嫉妒得心痒痒，这花园里的薰衣草和钓钟柳让人仿佛如临仙境，小径也有独特的美丽，小径尽头有一个突兀得似乎是半空而降的大瀑布。在花园的另一侧是一个陡峭的悬崖，悬崖上高大的石松映衬着远处的地平线。花园里的薰衣草已蹿到篱笆的高度，钓钟柳渐变的肉粉色与朦胧的薰衣草形成鲜明对照。

要是那条小径，那花园，那景致都属于我们，该有多好啊！

第二十五章

不管怎样，此刻树林已披上了金装，皇家紫的石楠也被晕染成了金色。这场色彩的盛宴将永久延续下去。

昨天下午差点发生一场花园悲剧，小狗处于极度不幸中发出的惨叫划破了那困倦午后的平静。洛基的妈妈以为是洛基落入了陷阱，一下子冲出房子！不管发生了什么，那只小狗肯定处于绝境之中。“那是我家贝蒂的声音，”朱维诺喊道，他穿了件衬衫便飞奔过去营救，“我的宝贝！我的闺女儿！我来了！”

他的确是得这么慌忙，因为贝蒂掉进了玫瑰园的深水桶里。若是她没有喊叫求救，并且用她的小爪子抓住木桶边缘，她现在怕是溺水而亡了，而且一连好几天都没有人能发现她。

我们觉得这一定会让朱维诺心如刀割。

阿拉贝拉和洛基都呆若木鸡地站在一旁，而不是像别的机敏的狗一样跑去寻求人类的帮助。

我想起了当小凯蒂这可怜的小东西还在的时候，她在我们跟前的草坪上打滚，在每棵树上磨磨爪子，用她漂亮的小脑袋蹭蹭我们的裙子以表达她的心情，这些情感实在过于丰富了，暖心愉快的陪伴使得这些毛绒小动物之于我们异常珍贵。有一天当我们在温室停住脚步时，洛基朝我们猛扑过来，焦躁不安地啜泣起来。他把他的祖母拉出温室，赶忙跑去小凯蒂的身边，悲悯和痛苦地嘶喊起来。

只见小凯蒂浑身颤抖地瘫倒在地上。幸运的是，有一个水龙头离得很近，我们能够迅速实施急救。

在这种突发情况下，冷水浇头对任何小动物来说都能瞬间带来缓解。

不过，我们的“蓟花公主”，可爱的贵族淑女，她被偷了！我们常常想着她的悲惨命运就失眠了。她是娇生惯养的，习惯了受到关注、珍惜和保护，她要人刷洗她光泽的毛发，迎合她金贵的口味，她一有情绪，人们就得拥抱安抚她！可是我们彻底失去了她，她是在一次半小时的车程内走失的，她的家人一时犯傻，准了她独处。实际上，她那时正要去见一位与她有婚约的同族王子，我们将她安全地装在一只奢华的旅行篮里，并仔细地在上面做了标记，郑重地把她交给汽车售票员，我们又怎会料到她会遭遇不测？

蓝色鸳鸯眼波斯猫过于宝贵，到目的地时，售票员把篮子递给来接她的人，此时装有小凯蒂的篮子已经空了，他声称猫半路逃走了。由于篮子是密封的，这个谎言一触即破。不过令人摸不着头脑的是，高尔夫俱乐部的侍者，这个可靠的目击者宣誓证明他在每个时候拎起这个篮子时，它都是安全扣紧的。可最终的结果是猫不见了。“这篮子结实得能把猫运到西伯利亚！”他曾断言道。

当地的警察，这个智慧与正义的化身表示他也无能为力，汽车公司在篮子上挖了一个巨洞后宣称，既然猫不见了，他们会赔偿五先令！不管我们再怎么在村里大动干戈也只是枉然，小凯蒂已和我们走散了，除非能知道她现在生活得快乐，我们的心才会不那么痛。

我们必须填补这个空缺，不知是否有两只蓝色或是橙色的鸳鸯眼波斯猫能为我们带来更大的欢愉。我们决定还是养橙色的，这样不容易唤起我们对小凯蒂的回忆，同时也能和这橙黄遍地的小茅草屋更加相衬。

世上再也没有比沼地路边的金丝桃更美丽的事物了。

是日阳光灿烂，气候炎热，远处的树林使紫色的山谷微微发亮，丘陵朦胧地透着些蓝光。去年，那片延伸到石楠和沼地的大松林遭遇了一场火灾，这片树林已没有枯树，我们猜正是火灾促生了大片的黄枯草。不管怎样，此刻树林已披上了金装，皇家紫的石楠也被晕染成了金色。这场色彩的盛宴将永久延续下去。

第二十六章

花园里的蔓生玫瑰开得灿烂夺目，尤其是那不知疲倦的多萝西，它会一直盛开，直到有人看厌了这大片鲜艳的粉色。

光阴飞逝，花园的故事也沉寂下来。花园里的蔓生玫瑰开得灿烂夺目，尤其是那不知疲倦的多萝西，它会一直盛开，直到有人看厌了这大片鲜艳的粉色。

别墅的女主人已开始计划在来年采取“淡化效应”的策略了，她打算在多萝西篱笆前种植一圈猫薄荷或者达尔文薰衣草。

若计划成功，从那条百合小径（或许我们本应该给它换个名字）走过去将会看到拱门后的灰色、淡紫色和“玫瑰幽灵”三色混合的绝美全景，拱门上面还有同样劲头十足，卖弄着卓越风姿的金色花朵。

百合小径简直成了墓地！这是我们的悲剧啊！亚当却不以为意，他表示：“这是百合病，并不足为奇。”

这个最为管理有序的花园发生了一件怪事，一大簇仙女百合种在繁茂的印加百合后面，但它们正纷纷枯萎，我们意识到时已太晚。

虽然这些病弱零落的“白百合”“山百合”及“虎皮百

合”让这地儿丢人现眼，但地底下还有不计其数的鳞茎！我们必须在今年秋季把它们全部挖出来。当下，我们计划在那常年枯萎的玫瑰叶后的木篱笆上种“凡尔赛荣耀”。并在靠近狭长花坛的巨杉的一边弄一排的粉蔷薇、一些与“凡尔赛荣耀”同样成功的鼠尾草、一堆由淡粉到深红的水芹、几丛猫薄荷、一些淡粉的绣线菊、多年生的石头花、淡紫色的琴柱草（哲基尔小姐推荐的）、勿忘我，还有两丛刺芹，这样就完美了。或许还应该再加点法兰西菊花、淡粉或淡紫的钓钟柳，以及两丛名为“农舍姑娘”的金鱼草来填补空缺。不过我们真正需要的是多萝西·潘金，它在灰色、淡紫色、银色、蓝紫色的混色的映衬下可以热情绽放。

阿喀琉斯玫瑰可不是随处可见的，它们是我们的花坛里最俊俏的植物，它们的花朵笼罩在细长的茎秆上，宛若晚霞般层层叠叠。

我们曾对卧室窗户下那块宽阔花坛如痴如醉。我们酷爱的鼠李娇艳欲滴，鼠李背后一大簇薰衣草花穗长得密密麻麻，这景致无比和谐。麝香百合是卓越、坚韧、勤恳的美人！在同样受我们喜爱的天芥菜上方抬起了它绸缎般闪耀的喇叭状花朵。艳丽的半边莲也绽放了，独具美感。

另一个花坛发生了灾难——我们在露天花园里播种的种子全军覆没了！当初我们还打算在多萝西·潘金篱笆前种植一片夺目的喜林草，现在想来这异想天开的计划既好笑又不免令人伤感。（或许这实在太糟糕，所以上帝好心地介入其中！）一想到黑种草“杰基小姐”竟不能在蓝色的狭长花坛神秘璀璨地绽放，真是让人失望透顶。

我们现在又对蓝色的狭长花坛磨刀霍霍了。事实是，无论田园作家如何向你吹嘘他们在这领域的高超技艺，例如，一年生的满天星会聪慧地埋葬腐烂后不美观的鸢尾叶，或是你可以将飞燕草上方“梅利什小姐”的枝条拉下来，要想让花园四季美丽如一未免过于苛求。

为什么我们的飞燕草不能一年开两次？每本花园书和每个商品目录都信誓旦旦地向辛勤的园丁保证这些种子能二度

花开，但至今没有一株飞燕草回应了我们悉心的照料，成功二度盛放。或许是我们的土壤没有提供足够让它们产生这种效果的能量，但这也只是我们的猜测。人们必须清楚自家花园之所及，之所不及，并充分地利用它。

最近降临的最大悲剧无疑就是老汤姆的离世，我们现在已经没有猫了！

这可怜的小伙计！这典雅、忠诚、尽责的伙计去了哪儿呢？朱维诺说若是他在天堂见不到他的伙伴，那么那儿也就算不上是天堂。我们认为，在一个更完美的世界里，我们就不会失去什么。

朱维诺对小动物们最为上心，此刻，他正躺在苏姗旁边。我们则正要去取早前在店铺订的两块小墓碑，其中包括苏姗的墓碑。想象得到，上面就写着：

“爱狗苏姗之墓。”

“汤姆之墓——我们十八年来忠诚如一的猫伙伴。”

它们就该立在坟墓上。

第二十七章

当然，在自己的土地上，比一个好的季节更让我们期待的就是藏红花、绵枣儿以及水仙了。

八月中旬和报表要来啦！伊登·菲尔波茨先生在他的田园书中表示一个真正的花园爱好者会瞬间沉醉在每一份苗木商的报表中，并立刻开出超出预算的订单，花大量时间在思考胜过基尤植物园和巴比伦空中花园的计划和组合。我们在这点上可是花园爱好者中的佼佼者，只是在开出订单，结算好总价后，我们才被打回残酷的现实中，随后一场痛苦的“砍价”便开始了。然而，我们俨然已在平衡挥霍和节俭方面成了行家。这儿也有一家实惠的商户，他家植物的价格仅为其他家的四分之一，而且品质不减。

这个荷兰卖家为我们送来了鳞茎，并逐渐成了我们的朋友，他写给我们的英文信很有意思，“亲爱的夫人，”写信之时，“剑兰新娘”到了一个没有新娘的地方，那儿甚至连婚礼饰品也没有，“夫人，它是花园里最讨喜的花，但它却极不适应移植。”

他的商品目录也同样吸引着我们。那古老的拼写和措辞让它更加迷人。譬如，对于不准备投资水仙的人，上面描述道：

“白色和杏黄色，镶着猩红外边的瑰丽花朵。”

“这世上没有一朵花，”另一个花匠说，“可以匹敌早期的单瓣郁金香，更不用说超越了。”

“简直太漂亮了，”第三个人喊道，“那是一种大型的白花，它简直无可挑剔，这花雪白馥郁，深受人们喜爱。”

不管其他国家的商品如何诱人，我们依然选择荷兰的鳞茎。

以下是我们刚送到商店去的订单：

600 株青瓷色风信子

1 打卡芬雅克粉色风信子

1 打费比奥拉胭脂风信子

50 株罗马风信子

100 株猩红香花郁金香

50 株玫瑰香花郁金香

300 株托马斯·穆尔郁金香

1000 株最佳杂交达尔文郁金香

500 株最佳混交、色泽鲜丽的鹦鹉郁金香

100 株剑兰

100 株霍兰迪亚剑兰

1000 株杂交条纹藏红花

1000 株西伯利亚蓝钟花早竹

1000 株蓝色葡萄风信子

1000 株雪花莲

1000 株红口水仙

100 株夏风信子

1000 株单瓣杂交喇叭水仙

500 株重瓣杂交水仙。

其中某些猩红色和玫瑰色的“香花郁金香”，以及所有的“卡芬雅克”和“费比奥拉”风信子需要催熟栽培。当然，罗马风信子也是如此，而其他鳞茎只需要长在露天土地里。

霍兰迪亚剑兰被描述成“粉色郁金香”并广为推荐。我们至今还未种植过它，但是同一种品种的红色花朵却在我们的花园开得很盛。我们发现春天种植的唐菖蒲长势更好，因此我们要求商家在七个月以后再给我们寄，他或许能给我们留点健康的块茎。

提及一个园艺学家的名字显然破坏了花园礼节，因此某些花园作家主张让读者确信他们不会有这种轻率的言行。但我们认为在散漫的文笔下，这完全不影响我们选择我们的鳞茎栽培者——哈勒姆的索兰先生。他的郁金香、风信子和水仙经受住了三年的考验。当然，在自己的土地上，比一个好的季节更让我们期待的就是藏红花、绵枣儿以及水仙了。

之前无缘无故缺席我们花园计划的黄水仙今年要浓墨重彩地出场了。除了上述列表所提及的，我们打算再在风车之乡的某个特卡普先生那儿订一千株，以下是我们刚派送给他的订单：

1000 株当地的黄水仙

100 株鹅黄色皮鳞郁金香

100 株深金黄色毛茛郁金香

100 株橘色、暗茎的新喀里多尼亚郁金香

100 株鲜黄色金鹰郁金香

200 株橙黄色莱斯特伯爵。

他以十先令的价格出售一千株水仙！若真是这样，那太不可思议了！我决定冒险一试。

我们打算把花园的一块土地全部划给鳞茎和块茎。一百株“圣女”百合、三打天香百合、一百株斑舌兰，以及几百株其他种类的鳞茎理应享受到最清新的土壤和最充足的光照。五百株鹦鹉郁金香、三百株“托马斯·穆尔”及一百株“奇幻”将会带来惊艳表现。一百株剑兰和一百株霍兰迪亚也将会抽出猩红和粉红的嫩芽，同时，鸢尾也会混在其中。

在别墅女主人从列表中挑出鸢尾花前，她依然还有一个小时可以心花怒放。

在购买的商品中“佛罗伦萨”肯定要占到大部分，我们一般偏好雾霾蓝和紫色这两种颜色。我们在低价鳞茎中打算购买一千株杂交农舍郁金香。若是亚当知道他珍爱的土豆地和白菜地要被征走，他的脸色一定会铁青。不过新的土地种植计划将造就多悦目的景色呐，这将为我们和我们的伙伴带来无尽欢愉！

上述这个挥霍的女人有花园“赌博”的恶习，她的野心年

年都会膨胀。不知花园爱好者有朝一日能否知足，并且是在这女人知足之前，但那恐怕还遥遥无期！

长久以来，她一直渴望在别墅的某个地方有个成荫的泳池。今年夏天，在华莱士先生的荷兰展览之前饱览了鸢尾花开的可人景致后，她确信今年她一定要在某个僻静角落种植鸢尾花，并弄个集水井，再在树丛中放一尊神秘的小雕像。她碰巧在《乡间生活》杂志上看到一则广告，上面说一家花艺匠的艺术公司能提供她要的那个边缘盘腿坐着一个农牧神的圆形小石潭，那一刻她意识到有些欲壑是可以被填满的。

她愿意为当下的诱惑放弃一个杜鹃花小山谷（当然，仅此一年）和一条小径，尽管它两侧分布着柏树，末端的环形交叉篱笆上开满了更多的杜鹃花，并且中间还有条石凳。不过这里还有小鱼，这山上的茅草屋依旧是如此美丽！

网球场上方的斜坡上有个果园，苹果花和梨花尽显风姿，而黄水仙和绵枣儿还在地底下蠢蠢欲动。我们将树林空地建成一个圆形的秋季花园，这儿的向日葵、紫苑、“火王”金鱼草、旱金莲、明橘和橘黄色的大丽花会在修剪过的绿篱笆前崭露锋芒，而这个闪耀圆形地的中间注定要献给“草本植物”。我们期待将来此地能呈现金秋之景！

洛基的祖母只有在做花园梦的时候才能最深切地感受到生活的不确定性。的确，每逢冬季种下鳞茎，她就会殚精竭虑地思考自己是否能在春天目睹它们生长出来。她要问自己无数遍那隐藏的秋季花园、意大利小径、农场果园，甚至是喷泉是否一定会让她心花怒放。

好吧，毕竟她在梦境中就得到了无尽的喜悦，谁又能说现在这花园植物的所有不确定性不能增加种植者们的热情？

第二十八章

起伏丘陵上方的天空裂开一条缝，射出一道柠檬黄的光芒，仿若一种璀璨夺目的大海霞光。

今天女主人一大早就醒来了，她起床后朝那两扇窗户望出去。阳台上的窗户提供了俯瞰山谷的最佳视角，而对床的那扇窗前则是荷兰花园和梯田角落前连绵起伏的沼地。若她的精力还算旺盛，在目睹这场神秘荣耀的盛典圆满落幕前，她本不会回去睡觉，因为这个场面太精彩了！首先，整个花园、林地和石楠丘陵沉浸在一个半透明的无名介质中，它此刻处于原始状态，这纯净无可名状。盛开的欧石楠闪着银紫色光芒，在雾中则呈现出蓝紫色。起伏丘陵上方的天空裂开一条缝，射出一道柠檬黄的光芒，仿若一种璀璨夺目的大海霞光。其上又是被晕染成橙红色，像小天使翅膀般的小朵美妙浮云。山谷下，那最温柔清晰的地平线笼罩在银色的薄雾中，百合小径两侧遍布的

虎皮百合宛如弗拉·安杰利科[①]画笔下那可爱地吮吸着空气的天使！

总之，这幅景象涵盖了万物。只有在某个伦敦舞会抑或是旅行结束后回家的路上，我们才能真正领略到晨曦的模样。伦敦的晨曦总给人留下天蓝地蓝的印象，我们认为这正好与人工幻象形成鲜明对比。尽管这或许成不了游客们眼中最美的景色，但当那宝蓝色浸染公园和街道，天空也似乎晕染上同种深不可测的惊叹色彩时，它也将是一幅难忘的画面。还有阿尔卑斯山脉的拂晓！还有那个妙不可言的夜晚！黛青色的山丘一

① 弗拉·安杰利科（1387—1455），意大利佛罗伦萨画派画家。

望无际，崖壁上生长着松树的深渊漆黑幽静，瀑布溅起金红色泡沫，河水奔流时闪着夺目的绿光！

我们中的一个人（洛基别墅幸运草中的第四片，她还是一个诗人及音乐家，有时她也能一人兼任两职）定义了这不可定义的东西。她时常哼唱的不是一天中的拂晓，而是早春的拂晓。

尽管这首诗是最近才刊登在期刊上的，但它似乎自然契合此页的内容：

圣哥达

四月与我——
每一次在翻滚的冰雪中问候，
穿过这片冰冻纯净的荒原。
这悬崖上的新鲜空气。
甜蜜而芬芳，
自从花儿看不见雪花，
重叠的山峰依旧酣睡于梦乡，
只是梦着玫瑰花。

这里连绵的丘陵如海豹般寂静——
四月与我，
细听那松散雪堆悄声移动，
从粗壮树枝扭曲滑落，

嬉戏的水神长号着
为喷泉嘴盖上薄冰。
甜蜜的臂膀把假日囚禁
在水晶雕刻的山岭。

我们怎敢徜徉在这片沉睡的广袤土地，
四月与我，
从高山之巅迸溅的飞沫，
这处女地比夜空更闪烁，
伴着它散布的樱草和悠扬的钟声，
或者哪儿朦胧闪现的一个高山巨物，
让一棵小杏树温柔地拒绝
做我们的哨兵。
胜利者从哪儿来，边走边吟，
四月与我。
“要自由，你们这些奔流的小溪，清醒的雪花——
你们银色的花旺盛繁殖。”
我们的咒语是什么？——我们带来的一颗歌唱的心，
瞧！那歌是生命的核心，
跳跃着回应，春天的孩童
从阳光中走出来。

曾经在一列快速运送我们去罗马的火车上望见旭日从平原升起，一轮火球悬挂在地平线上方，大海闪着银灰色的光芒。“上帝制造了一枝糟糕的晨曦玫瑰。”丁尼生吟诵道。那天的清晨的确如此，糟糕但却尽是光辉惬意，海面恰好泛起大片金光。

稍晚一些，我们来到了一个废墟，头顶巨大金色牛角的奶牛在破碎的石柱上走动。还有什么画面可以与旅行者初到罗马时见到的景致相提并论？圣约翰拉特兰大教堂不再像某条要挣开泊地，驶往狂野孤独大海的巨轮，古老的皇家墙壁倒下，新墙拔地而起，房屋平庸，石灰墙起泡斑驳，小酒馆鬼气森森。然而，这些都无法毁掉圣约翰拉特兰大教堂初次在蓝天下露面的景象，所有那些千姿百态的雕像都映衬在清晨的碧空下，伸展着手臂的英雄似乎在召唤朝圣者们来这座城市。

第二十九章

这个值得留念的下午发生的全是大事，上帝赐予了我们阳光、野生沼地及和煦的空气！

“小地方的普通人”唯一的好处就是可以体味小确幸。德文郡公爵在他花园里安排了七十个人手，在如此宏大的规模下，谁能兴致盎然起来？这不是园艺学，这是园艺统治！他们根本对“爱花”没有一星半点的了解，而我们的荷兰朋友却不一样。我们在一个百万富翁的温室外头见到了大片大片的盆栽海棠花，简直令人眼花缭乱。照料这些数不胜数的花该会有多么棘手呀！

如今即便是在小花园，人们也不愿过度强调花园效果。我们改天倒是想参观下一个正好坐落在苏塞克斯高地上的农舍，在那片高地上所能俯瞰到的景致绝美。

我们听说掌管这个农舍的人是按照最新的富豪农舍的标准来改造的它。

它在某些方面的确有不俗表现，墙壁和屋顶古老精致的线条得以保留，带着拱形通道的高瓦墙及装有网格状护栏的门保存状况也很良好。从高地下来，迈进这农舍时，一种舒适的隔离感扑面而来。石板铺满了那个曾为农场，如今被分割为两半的方形庭院，只有一些背倚墙壁的花床以及屋下低地势处有一块怡人的草皮。在草皮后面有一个小花园，看着地上那反光的石板，人们瞬间就能明白这户新来的人家将在炙烤的八月天遭遇何种困难。第一阶层上的花床全都种着沁人心脾的蓝紫色花朵，旧牛棚被巧妙地改造成一个似是意大利风的石花架，它横跨玫瑰花园，一直延伸到一个带小窗的圆形凉亭那儿去。离丘陵陡坡最近的一边铺展着颜色鲜艳的草本花坛。举目从井然有序的斑斓近景一路瞥到朦胧广阔的远景，实在是愉悦至极的感官享受。

玫瑰花园的中间有一尊下沉喷泉立于某块狭长盆地中，还有一片浓碧成荫的松林可以为人们提供乘凉地。

我们走进那个正准备上漆的屋子里，它属于一个百万富翁，我们满心欢喜地想象着这古老建筑物的模样。但在跨入门槛的那一刻，一阵疑惑袭上我们心头：这房子屋顶漏光，只有浴巾般大小的床铺，还总让人产生一种双脚分置炉边和走道的错觉。我们觉得初来乍到之人对屋外更感兴趣，简言之，他们更中意花园。能看到小果园的那间客厅的墙纸上满是绿色的鹦鹉，楼上最好的一间卧室里的墙纸则是蓝色的鹦鹉，另一间卧室的墙纸装饰着红色的鹦鹉。这些房间低陷且拥挤，唯一能改变这绝望状况的设计在于用浅于奶油色的淡雅颜色漆内墙，或是把外墙漆成黄油色，人们或许可以感到透过气来。（想象一下清晨行走在一群舞动的小鹦鹉之下的画面！）

出了这个小地方，远处树木和花床的轮廓在眼前展开，如果内部空间没有安排合理，效果就不尽如人意。若是这些花抑或是伸展的巨大树干背后的墙不够素雅，人们便无法好好地享受它们带来的喜悦。

这附近的另一个小房子坐落在小村庄的边缘，那里能够俯瞰一个宽广的池塘，这个房子在我们看来更容易翻新。他们把那三间历史极其悠久的农舍拼合成了一间，并大胆地把一整间规划混乱的起居室的内墙从屋顶到下方都刷白。圆形黑橡木横梁在这些白色的屋子里看起来格外惹人喜爱，它们的主人——那有着蓝色眼眸的年轻可爱的未婚女子对每扇窗户上布置的白色窗帘十分满意。不过，尽管如此，卧室却弃用了窗玻璃（一个镇上家家户户都有的装饰），反而用些相配的窗帘作为代替，这简直再合适不过，它就像是汉斯·克里斯蒂安[①]的“真公主”。她对如此清新质朴的摆设相当满意，不过尽管她的装饰美丽且自然和谐，我们却有些另有所好。

最大的客厅里放着一套嵌着闪亮珠母贝的黑色喷漆家具，在这间令人愉快的农舍小屋中，它尤其惹人欢喜，没有人会忍心把这些维多利亚早期的珍宝晾在一边。不过，要是我们幸运地成了它们的主人，我们不会给它们套上天鹅绒。别墅的女主人幻想——一个大胆的幻想——亚麻布上挂着暗红色的樱桃，调皮的鸟儿不停啄布。这种詹姆斯一世式的生硬把时代串联起来，她还看到一个鲜活的色调，那与坐垫和沙发布正相配。

地上不准铺亮色的地毯，所以我们应该会把地漆上白色，再在上面铺上几块颜色不深于浅柠檬黄色、灰色或奶油色的小地毯。

① 汉斯·克里斯蒂安·安徒生（1805—1875），丹麦19世纪童话作家，世界文学童话创始人。

为了完成关于农舍的随笔，几天前，我们中的若干人参观了一间小房子，那房子里除了厨房，其他的房间之间并无阻隔，由此形成了一间天花板上有一条大横梁的狭长且迷人的客厅。墙上有一张极好的农舍壁纸，上面的粉色玫瑰花蕾朵朵分明，还有一张粉色的玫瑰花蕾轧光印花布和点缀着玫瑰的黑色地毯，它们看上去古朴独特，又极其令人满意。窗前则是一片

点缀着亮粉色多萝西玫瑰篱笆的松林。若是盯着松林那暗淡的深绿色阴影，人们会想去寻觅那里面的乐趣。

昨天，洛基的祖父把祖母从轮椅上拉起来，带她去了沼地的中心。这是一辆运动用轮椅，它像一辆旧时的枪炮战车一样驶过无数坑洼的土地，一路克服所有阻碍直至到了铁丝网前，如今的它如一匹山地老骡般帅气且无惧风雨。他们在旅途上遇到的陌生人向他们投去迥然不同的情感。有些人很显然对这个坐在轮椅上颠颠摇摇，默默忍受的人饱含同情。“是哪个愚蠢的人让这个虚弱至极的女人遭受如此不幸？”经过洛基的祖父母时，他们愤慨地说道。而另一批人看到这景象则吓坏了，他们谴责洛基的祖父残忍地拉着如此虚弱和蔼的老人到处走。当然，对年轻人来说这也绝非易事，他却步伐稳健。“夫人，您需要的是一头驴。”最后他们总结道。

有个两三次，这些好心的撒马利亚人跑过来帮助他，同时用目光严厉地斥责了这种残暴的行为。

尽管外界嗤之以鼻，那些日子却是我们的最好时光之一。回到昨天，我们和所有“趾高气昂”的小狗们一起动身，阿拉贝拉最为顺从（前天因为逃跑被我们训了一顿），洛基，这只中国狗如往常一般高贵独立地小步奔跑，丝毫不搭理院门外的其他毛绒小伙伴，这可是与中国礼节相悖的。贝蒂和她的拉迪不顾被发现后的痛骂，私自决定要去打猎，拉迪是邻居家的狗，他坚持要我们收养他，看到他智慧的长脸上那双黑水晶般无与伦比的双眸可怜巴巴地望着我们，我们实在拒绝不了。我们并不残忍，拉迪也可以随心所欲地来往，只是偶尔，善良的朱维诺会把他带到他的厨师那儿（这人看似喜爱他）。我们这么散漫是很难到达沼地的！不过，在灿烂如意大利的晴日下，我们真的进入了石楠丘陵的山洞里，并在那里度过了一个梦幻愉悦的下午。

洛基的祖父脱下外套，在湿滑的小径上继续行进，身后的车椅发出悦耳的碰撞声。

作为男性，他对中暑不以为意，而洛基的祖母在旅程中一直忧心忡忡。不过当她看见他在石楠丘陵上铺了垫子伸展四肢，抽着烟管，四条小狗肆意地释放各自天性时，视野便晴朗开阔了。这蓝天并不是万里无云的，大片慵懒、亮到灼眼的白云飘浮在天空中，将山洞染成了紫红色。在这明朗的天气下，繁密树林里的每棵树都投下暗紫色的影子，正好与苍翠的背景相映成趣。哦，对了，欧石楠和石楠山的颜色混在一起，还有排列有序的欧洲蕨在日光下闪着银光。

不知这美景直接触及的是否是人的灵魂，它对感官的吸引力是如此的强烈。亚瑟·克里斯托弗·本森[1]曾在他早期的著作中表示，一个证明上帝存在的有力证据就是人在看到美景时

① 亚瑟·克里斯托弗·本森（1862—1925），英国著名散文家、诗人、作家，剑桥大学莫德林学院的第28届院长。

的心潮涌动。我们想要将自己融入美景中，这是一种灵魂运动，因为人类对尘世的万物都是具有占有欲的。

阿拉贝拉，这只极为深情的小狗，俯冲到她主人脚边并在垫子上一横，她花了一半的时间若有所思地咀嚼着金雀花，剩余的一半时间忙于拔自己胸口的刺，拉迪自然也停下了追逐。这两只小狗，黄褐色的是哥哥，白毛的是妹妹，他们一起度过了一段安静时光。围着车椅打转的贝蒂跳上去向椅子上的主人显示她真挚的爱，又跳下去展现自己灵活的身姿。至于洛基，他埋头在厚毛中喘气（白齿间玫瑰色的舌头卷成一个奇怪的小圆圈），在椅轮下寻找一块好的乘凉地儿，来分散他祖母的注意力。

这个值得留念的下午发生的全是大事，上帝赐予了我们阳光、野生沼地及和煦的空气！

第三十章

朱维诺是家族里真正的艺术家，他安置好了所有的花，仅凭这一点，他就值得受到器重。

朱维诺是家族里真正的艺术家，他安置好了所有的花，仅凭这一点，他就值得受到器重。这间由金子和珠母贝装扮的意大利风卧室一直都是阴凉地。昨天，他在一尊金银圣像下的银桌上摆了一个插有黄玫瑰和白玫瑰的花瓶，这个摆设略显他的天资！我们相当厌恶看到美丽的樱草花插在贝拿勒斯黄铜花瓶中的样子，因为我们不喜用黄铜花瓶装花。玻璃！玻璃！玻璃是最好的容器了，尤其当你像我们一样幸运，拥有一组来自荷兰的玻璃瓶子。它们拥有各种精巧的形状，比如三角形、正方形、六边形，郁金香插在玻璃瓶内，其中有几株长茎的玫瑰和鸢尾花，郁金香和水仙在瓶子里曾长势极好。

我们提到了“曾”这个字。因为这些荷兰花瓶太可惜了，都怪我们愚蠢，没有远见，把它们随意放置而不是将它们妥善放在橱柜里！它们本是十一件完美无缺、不可替代的珍宝（第十二件的瓶颈拿到手时就有个大缺口），现在却仅存五件！都怪那只贵气野蛮的“烟色波斯猫”，伸出恶魔般的手爪把那最大最好的一个从壁炉架上扫了下来，受到波及，其余的几个也都难逃“粉身碎骨”的厄运。

“非常遗憾，小姐，”他们总会先找小姐，试图消了女主人的火，“我不知道这是怎么发生的，相信我。它就这么碎了……”

（哦，让我们先停停笔！每一个珍贵古董的所有者都清楚这些话听起来有多糟糕，一切愤怒都是徒劳的。）

别墅的家主有一个茶壶。这是一个黄色坎塔加利陶器，表面刻满了如毛虫般的古典装饰，它有一个蛇状把手和一个长而弯的壶口。家主可喜爱它了，他只用这壶喝茶。某个清早，一个陌生人坐到了这个茶壶上，他猛烈地摇起了铃。

“我的茶壶！”

（对，它碎了。）

“它是在你手中碎掉的，是吧？”家主嘲讽地问道。一个侍者需要对此负责。

约翰的脸上摆出了一副被冤枉的可怜模样。

“不，先生，”他理直气壮地说，“它自己夹到门缝里去的！”

洛基洗了个不合季节的澡，这是为了接待一个艺术家，他专程从伦敦过来为他的书来描画洛基所拥有的皇室美貌。洛基摆出一张他典型的面孔，成了现场的一只鳄鱼。在这种情况下，他的祖父把他叫做“鳄鱼狗”（这一篇是专为宠物爱好者写的，请继续！）。他洗完澡后亲着可香了，不过他会歇斯底里地咆哮着反抗，惊慌地卷起舌头。但是——他本性上却是个小绅士——就算遭遇了持久的折磨，他也不会咬人。

洛基对笑话有独到的见解，至少他有一个笑话——事实上，这是他唯一的一个！祖父也得花上点时间才能理解他的笑话。不过反复陈述（跟随英国滑稽剧的神圣潮流）是让他会意的开始。这个笑话是这样的：无论是在花园的上头或者底部，视情况而定，散步回来或是出去散步，洛基都站着一动不动，你走到半路才会发现他没跟上。引诱、吹口哨或尖叫都无法让他移动。他能站个十五分钟。这个笑话的关键在于你必须走到他身后，跺着脚训道："你这条不听话的狗！"之后洛基就会猛然喜悦地奔上奔下。这或许并不戳有些人的笑点，解释一个笑话毫无意义，我们还是留些笔墨去介绍菠菜的故事吧。

第三十一章

在某个酷暑，我们参观了意大利的一些农房——确切地说，是两座全为“卡斯特利”的农房。

在英国，当下这种炎热的天气实属少见，尤其是在我们这个里里外外都有异域特征的小地方，人们总能联想到其他土地。在某个酷暑，我们参观了意大利的一些农房——确切地说，是两座全为“卡斯特利”的农房。

第一个农房（我们喜欢它）坐落在离都灵[①]不远的皮埃蒙特平原中间的一块高原上。站在那个令人神魂颠倒的位置，可以望见广袤起伏的玉米地和葡萄园。在四处瞭望之前，人们会先看见远处阿尔卑斯山脉和亚平宁山脉的全景。

那是一个难以忍受的炎炎夏日！我们见到了美丽的黄昏，那些天意大利的黄昏极其温柔，空气吹拂脸庞的触感犹如天鹅绒。我们坐着一个由三匹并列的山地马拉动的马车装备，每匹马的脖子上都挂着铃铛，这是我们坐过的最令人愉快的交通工具了。那些马跑得多快呀！他们甩动脑袋，弄得铃铛叮当作响的样子多么可爱呀！

在我们眼中，这些粗糙的砖瓦丝毫不会影响城堡的古典法式风情。现在我们看到它野心勃勃的主人们已用石头改造好它了，他们自己也沉醉在那城堡的新模样中。毫无疑问，它最初的独特设计也有劣势，不计其数的鸟儿们会在屋檐和那些粗砖下建巢。无论什么交通工具靠近，天空中都满是受惊飞起的鸟

① 意大利西北部城市。

儿，还有它们振翅鸣叫的声音！我们觉得这地方迷人又特别，可比那些翻新的豪宅浮华平凡的样子有意思多了，看到那些豪宅的图片，我们也只是口头上恭维一下。

城堡内部凉快舒适，全是法国旧时期的家具和无法估计价值的传家宝。显然，为了支付外部装修的开销，其中的一些摆设已经出售给了他人。

从一间墙上挂着内容为一只野猪的神奇画作的宽广白色大厅开始，无数间客房由此延展开来。三个在这些华丽房间来回穿梭的小孩身着小型白色束腰上衣，由于这炙烤的温度，长裤便免去了。他们的发型沿袭了中世纪的潮流，前额短平且发梢与肩膀齐平，还有一个十一个月大，叫做巴利亚的小婴儿在那儿眨巴着水汪汪的大眼睛。有一个女人走出山岭去照看别人的孩子，自从她离开后，这个小家遭受了一系列不幸，她自己的乳婴也在奶牛离世后立马断了气！“亲爱的妻子，”她的丈夫每次都在信中这么称呼她，“别悲伤。这是上帝的旨意！”

毫无疑问，还有其他极明显的原因可以解释这些变故，家庭一贫如洗的状况让这个可怜的女人不得不外出干活，也可能是那头生病的奶牛产下的变质奶让小婴儿送了命。但这或许是命运，或许是当下意大利折磨人的经济体制，不过这两者殊途同归。“别悲伤，亲爱的妻子。这是上帝的旨意！”

她尽力拯救自己的孩子了，这个念头安抚了她的悲恸。这也不算是个糟糕的安慰，毕竟连最伟大的思想家也无法证明这是否是上帝的安排。

同样，看着小马达莱娜赤着棕色的小脚在阳台石板上跳舞，养母也很难过地啜泣过很久。她是我们见过双眸最蓝，肤色最棕的人，跳舞时的她手舞足蹈，大笑连连，可爱的巴利亚会拉着她腰带的末端。巴利亚的脸和她金色念珠上方脖子的颜色配合起来宛如一个成熟的桃子。

要让这两个星期更加丰富多彩，离奇有趣，可比皮埃蒙特访问还难。城堡女主人那个英俊的白胡子父亲曾为一名运动员，如今却因痛风病常年坐在椅子上，所以他的卧室在楼下。侯爵的母亲在楼上有自己的房间，其中包括一个全漆成金粉色的精致图书馆。那儿还有个巴洛克风格的小礼堂，一个令我们记忆犹新的画面是当小孩子们站在长凳上时，我们抓着他们的腰带将他们扯下来。

还有一件事很重要，那就是欣赏日落中的罗莎峰。在我们离开的前一晚，远处的阿尔卑斯山脉笼罩在霞光中，罗莎峰上雷雨交加。每一道闪电落下，等距迭起的山峰便熠熠闪光，这画面甚是令人惊叹。

“为什么天空会这样？”一个男孩好奇地眨着他的大眼睛问道。他头发黑直，下颌偏方，面容严肃古怪，有着如贝诺佐·戈佐利[①]壁画中的梅第奇那样的长上唇，他是所有孩子中样貌最具中世纪特色的。我们爱这个四岁大的孩子，但是后来我们听说他长大后成了家庭难以忍受的负累，这让我们不禁认为是他家人的错。还有一个很帅气的男孩是一个极其胆小的孩子，总把“我很害怕”挂在嘴边。看到自己的后代竟表现出如此堕落的胆怯，他祖父的骄傲便受了挫。

以下是我们目睹的一个典例场景。这个特别畏惧专横又大嗓门的老运动员的小家伙过去向他道了声晚安，在这恐慌的小男孩结巴地道了声几乎轻不可闻的“晚安，祖父”后，他的祖父垂下了脑袋。

瞬间，他怒火爆发（祖父的脾气倒没有因为痛风而好转）。“这样道晚安的方式不对。一个受人尊敬的人，要直截了当地说话。”他最后吼道，“所以应该怎么说呢？”

“对不起！”这可怜的小鬼被吓得号啕大叫。人们曾对这个孩子连连摇头，怀疑他，惋惜他，而他如今勇敢优秀，老子爵看他现在的样子定会释怀大笑。他的内心交战激烈，欲壑难填，因此他也难免痛苦不堪。唉，现在仍是如此！这也有几个年头了。

走出山麓地带较现代化的别墅，我们来到了伦巴第平原

① 贝诺佐·戈佐利（1420—1497），佛罗伦萨画家，他以描绘10世纪生活的装饰性挂毯样式壁画而闻名。

中的一座旧城堡。据编年史记载，巴巴罗萨[①]曾围攻过它。它附近有一个相当大的农村，这个伟大的古迹仍保留着罗马兵营的防线，且所有的街道都纵横交错。主街最上方的城堡入口枪眼疮痍，拱门上的壁画已经凋落，但这中世纪保留下来的牢固拱门依然令人印象颇深，护城河的两岸里里外外都是农民的房子。

正如之前所说，这历经沧桑的城堡正好围绕在一个正方形石板庭院的两边。花园位于丘陵的斜坡上，夹在外部堡场两侧的塔墙之间。城堡内部有个葡萄园，外部的斜坡上也有一整块密布着葡萄藤的土地，如同石化的海浪般，它们沿着长长的山脊延伸到目不可及之处，再远一些就是阿尔卑斯山了。

从塔楼半损坏的窗口望出去，那会是多美的一幅画呀！尤其在日落时，玫瑰色的薄雾就会笼罩着这片神秘广阔的地区。还有什么愉悦是这美感不能给予我们的呢？但必须承认的是，我们那时也真够想不开的，竟然让物质上的不适战胜了其他感觉。

站在一座真正古老的伦巴第城堡前，那儿的石地和石阶都是用无数块厚石堆积而成的。从一边俯瞰护城河，以及那些如藤壶靠着岩石般紧贴下方大块地基的农民住宅，再从另一边眺望余晖洒满花园，降临葡萄园和塔楼。理论上，想象着自己回

① 巴巴罗萨（1122—1190），即腓特烈一世，欧洲中世纪神圣罗马帝国的皇帝，也是德意志历史上著名的政治家。

到中世纪，这应该相当鼓舞人心，无疑，这些中世纪的情感比我们的情感愚钝多了。护城河上漂浮着意大利拥挤的村庄产生的垃圾，臭气熏天！

另一种刺激气味的产生是因为这地方所有的水都来源于硫黄泉水！仅是闻过这水，它的恶臭就能在鼻子里残留一整天。

这户家庭居住的都是外来的农妇。理发师的妻子、鞋匠的母亲等人坐在骡子上，蹄声嘚嘚地在石板上前进。

她们穿着高跟的鞋子，也许鞋跟高是因为他们认为清扫房屋（一种仍为大多数意大利家庭沿用至今的方式）首先要提着桶走，再把水从里面泼到地上，然后把余下的污水扫进几乎磨穿的雨水坑或是地毯下！

某些房屋的水槽就在最上面一楼，在我们住房外头的石头上凿个洞。但通常都是仅有一条极小的水流从楼梯上流下来，因为我们这儿的清理工做的工作只是站在门外面的楼梯平台上，把桶里的污水往上推。

与我们相伴的那位好友尽管不是本地人，却痴迷于这里的生活方式。这个城堡主要由梅雷公主管理，她是一所旧学校的女主人，她在天蒙蒙亮的时候就起床，就像窗外的大钟一样开始一天的工作。

“快点，快点！”她经常这么催促侍从或是其他动作缓慢到令她反感的人，“你到这儿是来享乐的，还是来为我服务的？”

饭桌上尽是丰盛的意大利菜。有一道煮有鹌鹑肉的汤非常美味，汤里是整只鹌鹑，骨头和喙全在里头！这道鲜美到不可言喻的菜是在炎热的一天中最先可以享用到的。紧接着的美味可能是混着鸡冠的小馅饼，甚至连意大利饭里也放了这种奇怪的肝脏碎末，人们会踌躇再三后再决定冒险一尝。不用说，油炸料理最为特别，那简直就是一个摸彩游戏！你可能还会尝到昨天的花椰菜，一口被遗忘的甜面包，一片火腿，一块炸酥的洋蓟，甚至还有你昨晚剩下的一半鹌鹑肉，虽然它们都只有一勺的量！除去清晨院子里的钟声，教堂传来的刺耳钟声也会不断打搅人们的睡眠。那是贺喜钟的疯狂响声，这如此悠长持久的声音像一把铁锤般将睡意从人们脑海中锤走。

“这些，”我们请教那位年轻一点的女主人，“这些每天大清早响起的钟声是为了什么？”

“哦，那个吗？那是为了天使弥撒。”她冷冷地回答道。

“天使弥撒？”

“是的，村里死了个小孩。”

“但每天都有吗？”

“最近死了几个人，都是种田时害了热病。”

听到一位还育有幼女的妇人刚从某个相当严重的疾病中恢复过来，我们欣慰极了！

人们都会温柔地回望这城堡一眼，它全身都很有看头！若是有人愿花资金艺术性地重新装扮这古老的城堡，它将会是一个多么令人向往的住所呀！

不过，我们住的那间用巨石筑成的卧室装潢得简直毫无和谐可言，窗帘是用最鲜艳的颜色绘制的瑞士风景，上面画着一个大山里的少女和一座白朗峰，峰上有激流……或许王子所建的那间气派的球房是个例外，它是凯尔特人造的一个华丽的拱形公寓，那儿有四个石头堆成的壁龛。瞧，其中两个壁龛上摆放着许多大个的玩偶，若是有人够得着，它们还会点点脑袋。另外两个上则是最差劲的石灰雕塑，雕刻着提着篮子的花神和拎着一大捆小麦的谷神！

第三十二章

想想都觉得恐怖，那是死亡之“城”！

我郑重警告过我的家人，在我离世后，我的尸骨决不能埋在“大墓地”中。想想都觉得恐怖，那是死亡之“城”！

在我婚姻最开始的那段时间，因为洛基的未来祖父要学习新闻管理的某些知识，我们不得不居住在一个北方的大城镇里。世上最困难的事莫过于在一个热闹非凡的地儿寻个安身之处。经过长时间毫无所获的寻找，我们已精疲力竭，最终在城镇的高地上一个牙医的房子里安顿下来！牙医正好外出度假，这个干净清新、无可挑剔的小房子将任由我们有偿使用，除了他可怕的卧室之外！

我询问过一位脸庞消瘦、笑容和蔼的老妇人，显然她是牙医的母亲。她把我带到窗边，我们俯瞰起那九月的暮色笼罩下，在风中摇摆的树顶和广阔的绿地。

“你看，”她说，“眼前这景色多美。”

我细细地凝视着，后来让我决定租下这房子的是喧闹肮脏的街道后那块安静的土地。

“就这房子了！”我急忙喊道，唯恐错失良机。

“我总是觉得，”牙医的母亲笑得更灿烂了，“对着块大墓地有一个很大的优势。”那时我还是个见识短浅的乡巴佬，完全领悟不了那词的意思。

但我不久便发现了，在一个大城市里，葬礼简直再寻常不过。我隔着雨雾从卧室窗户俯瞰这片地方，阴郁的气氛几乎掩盖了工厂的中心。

我独自在那儿待了许久，只能与一个粗鲁的法国女佣说说话，墓地里的仪式令我昏昏欲睡。我开始相当确信墓地在吮吸我年幼的骨头，我也必定会在那儿安息。最终，我立下誓言：这件事不管怎么样都不会发生，这是一个瞬间安抚人心的保证，但却远不足以挑起我心中抑郁的重压。

为了给一个特别的朋友拔光所有的牙齿，房主临时度假回来并在那个上了锁的房间里待了一下午，这让我的经历再增添了点“喜剧”色彩。当埃莉斯（她讨厌我）兴致冲冲地告知我这件即将到来的事情后，我惊慌失措地逃离了这个房子。然而，不用说，我回来后她叹息连连，告诉了我她从客厅侍女那儿打探到的所有细节。

幸运的是，我没做过关于死亡的梦魇。但我嫉妒那些可以活着接受巨大的悲剧的人，他们不只是淡然应对，反而还享受其中。

我们的一个匈牙利朋友为她离世的母亲选了一口棺材，棺材上“带着个华托式镀金蝴蝶结”，这给了她极大的慰藉。

在向我们描述棺材的样子时，她泪光闪闪，脸上挂着发自内心的笑容：

“我为我自己也选了一款！”

当我说我不在乎自己的棺木长什么样时，她惊诧地看着我。

“什么？”她喊道，“你不想有个华托式棺木吗？它可漂亮了！”

她最后躺在她的漂亮棺材里，这是我们这些穷人不能比的。但可以确定的是，在她最后一次患病的漫长的几个月里，她避见所有人，待在匈牙利大宅内独自面对死亡，不过想到那具华托式棺木，她还是十分欣慰的。

她是世上最充满活力的一个生命！她从未失去过童心，虽然几年前我们见到她时，她已上了年纪，但却看不出一丝岁月的磋磨，微微花白的头发让她看起来比之前更像一个侯爵夫人。同样未变的还有如画般的容颜，她有热情，有同情心，有清晰活跃的思维，以及那种轻盈、魅力和单纯。

她有一张亲切且南部特征明显的鹅蛋脸。想象一下，黑色的睫毛中间有一双蓝色的双眸，她如隼喙般的小鼻子透露出坚定，给整个面貌增添了一种倔强和精神饱满的感觉。“野蛮人”这个词不能用来形容行为讲究、面容精致的人，然而人们却能感受到她背后有野蛮人的血系，有一种其他欧洲国家所没有的狂野和孩童般的可爱笑唇及一千种迷人的表情。

她的生活却不尽如人意，有时这种快乐的灵魂就会如此。所有心爱的人都离她去，只有半个省的土地与她做伴，离她血缘最近的人则是最后继承了她大笔遗产的表兄的儿子。

她在少女时期就嫁给了一位驻扎在奥地利的英国长官，有人认为，若是她与丈夫是老乡，她或许就有机会享受天伦之乐了。即使在维多利亚时代中期，英国家庭和英国的美德都是众所周知的，但他却完全不是一个理想丈夫，她唯一的孩子也没熬过婴儿阶段。十三年来，她在一块陌生的土地上做着她觉得是自己义务的事情。作为一个狂热信奉时来运转及忏悔的人，她会说："我不会放弃约翰尼的灵魂。"

那风度翩翩的轻装骑士成了脾气暴躁的老东西，对勇气不足的人来说，和他生活简直是难以忍受。然而，公园旁的那个英式小房子无论是外表还是内部都充满乐趣，每一扇窗前摆放的花盆都格外显眼。而她唯一获准的消遣就是星期日与一大群朋友们的茶会。

不过，她有自己渴望得到的奖励。按爱尔兰的说法，约翰尼在大脑的退化明显到他无法进行智能行为前还能维持很久。三年后，她给她的密友发了个电报："解放了！"这声呼喊来自于一个全部青春及最美的女性时期都为奴役被监禁的人。

然而，就如他的性格一样，约翰尼的葬礼也相当大张旗鼓。他一直以来就酷爱驾驶四马马车，因此，有四匹马一路护送着灵车从蒂兰行驶到绿色公墓，这辆灵车可谓是极尽奢华。她在每一次转角都会伸出头看看神圣的灵车，然后心满意足地嘀咕道："可怜的约翰尼，他生前那么爱坐四马马车，我肯定这是他最后一次坐了！"

在葬礼的几周后，一张寄来的明信片让我们惊掉了下巴，上面隐晦地写着：

"刚刚又重新埋葬了约翰尼！"

她以为她在明信片上的表述够清晰达意。在把他埋葬在一个不分阶级的墓地后，她觉得他对自己的安身处不甚满意，他更希望能与祖先们葬在一起。所以，他们又把约翰尼从那个气派十足的地儿挖出来，带他穿过半个英格兰，将他“重葬”。他如今就安躺在他童年时第一次做祷告的教堂的背阴面，也就是在年幼时嬉戏的花园外头，在那儿，他的骨灰会和祖先们的混合在一起。

那是一个如此安静平和的地方！它的一侧围绕着无垠的麦田，另一侧则是繁茂的树林。希望我也能葬在这样广袤空旷的土地里。

第三十三章

软糯的爱尔兰语在我听来像乐曲，由于它愉悦的总基调，我便能原谅人们随性的生活方式。

尽管我生来就是爱尔兰人，但爱尔兰空气里的某些东西依然让我兴奋不已。软糯的爱尔兰语在我听来像乐曲，由于它愉悦的总基调，我便能原谅人们随性的生活方式。不过，这个国家现在却是前所未有的不幸！从我们满怀欣喜地登上海岸一直持续到我们依依离别之时，人们善良正直的笑容填满了我们在爱尔兰的时光。这些神奇、可爱的人！他们让政客和改革者无能为力，而愚笨如我，喜欢和他们一起不带任何政治偏见地享受生活，能与他们开怀大笑并真心相待，这又是令人何其地陶醉啊！

我们最后去爱尔兰的那次旅行始于欢乐，却以一次糟糕的航海和追悔莫及的悲痛告终，但我们还是顺利地到了那儿。

茅草屋的家主显然对任何有关海洋的事都漠不关心。不过，我想要一个只属于我的舒适船舱，还有一扇能吹进海风的大舷窗。我无法说我感觉自己像那位德国诗人：

为天国欢呼，为死亡痛苦。[①]

在波浪和空洞之间，他人的苦痛却真的使我挫败。在这次特殊的航海中——日和天晴，海浪汹涌——当旁边的船舱突然爆发出一阵声响，我已完全做好准备来应对不测……不，甚至

① 源自德国作家歌德《充满欢乐，充满痛苦》中的一句词。

我都不曾忆起它们。

“亲爱的，”我对我的同伴说，“让我们来谈谈，并盖没这个无耻放纵的女人发出的呐喊。”

幸运的是，我有一个能进行轻松且有趣谈话的同伴。我们开始全然沉浸在幽默愉快的对话中，不让沉默有可乘之机。

我们沿着北墙一路行进，当利菲河的静谧如香气般包围我们时，为了不辜负那些旅途中的友好同伴，我们便走了出来，欣然加入了在甲板上的一些好友。我们发现，那位即将要成为我们房东的可爱小姐慷慨地将一些饼干给了一位面容憔悴的年轻女人，她看起来毫无疑问是晕船了。

“可怜的桑德斯夫人一直在晕船。”我们的朋友，这位不晕船的人兴致勃勃又满怀同情地说道。

我们便走到了那个虚弱的人身旁。

“可怜的人儿，”我们关切地问道，“你确实看起来脸色苍白！你生病了吗？”

“噢，不，这不是病！”她嘲讽地一笑，否定了我们的说法。随后她朝我们甩来一个带有偏见的眼神，“病了的是你们吧？”

“噢，怎么会，”我们回答道，“我们相当享受这次航行。”

这患者尖酸的目光从我们身上移到了我们富有同情心的朋友身上。

“要是我能睡着就好了。”她抱怨道。随后她又恶狠狠地看着我们，“住在我船舱隔壁的人太可恶了，他们一刻不停地讲话，简直没完没了。”

“我们认为，”我们的确毫无恶意地抗议道，“你至少比我们要好。我们船舱隔壁的那个怪物才最恶心，最放肆……”

看到她眼睛里那燃烧的怒火时，我们才意识到她当真了！这是一个糟糕的小轶事，但在登上码头前，我们却一直把此作为笑料。

下一个小事件与这场充分反映爱尔兰纠纷的悲喜剧相似。所有爱尔兰人就像站在一块古老幕布前的哑剧角色，在悲惨或是乐观的面具下藏着一张笑脸。当我们坐在出租车上等着司机搬运行李时，一个穿着皮毛大衣，身材强壮且无忧无虑的人款款走向一群二轮马车车夫，我们不禁悲从心起，却笑脸依旧。接下来，另一个显眼的出租车夫突然向他的毛皮大衣靠过去，嘻嘻哈哈地直接抓住他，随之看到的画面便是，一大串铜币从一只满是灰尘的手传到另一只。毫无疑问，在约四码远的地方，每个路边都站着一个警察。

记得我们曾在威克洛郡见过一个吸引人的独特场景：一个当地的警察局门口有一块命令所有狗都戴上口罩的巨大公告牌，两个笑容满面的警察脚边有五六条规格不同，在阳光里无拘无束地喊叫的野狗。

我们中的某个撒克逊人停下来指出这种矛盾的现象。

“它们没戴口罩，是吧？”她亲切地说道。

“哎呀，的确是这样，女士，但是这条规定只针对流浪狗！”

我们飞快地驶出铺有鹅卵石的都柏林街。那辆古董车急匆匆地转弯，擦过路缘，从一边猛烈地摇晃到另外一边，它每动一下就令人心颤，我们害怕它注定要像个笑话般沦为一堆碎片。坐在出租车上你的每块骨头都会震颤，根据在集市上每转一下弯就按一次喇叭的规律，噪声会盖过你的悲号。

我们试图像“兔子进城”般伸出头望向窗外，然而只是徒劳。随着一阵瘆人的响声，车子先是猛地刹车，然后再轰隆隆地发动，以新的速度起步。伴随着一个几乎要把车底扯成两半的急刹，车子最终停在酒店门口，此时的我们四肢发抖。

我们递出一笔绝对比路费高得多的费用。司机瞟了眼数儿，转眼瞅瞅我们，再厌恶地瞟了眼递过去的钱币，把它们放进了兜里。

“就这么点钱？亏我飞也似的把你们送到这儿！”

第三十四章

站在那里，一种满足和宁静之感迎面而来，要是此刻我的心里没了对我们花园的鼠尾草长势的担忧，那该有多妙！

在短暂停留酒店的期间，我们也遇到了些趣事。那家酒店可是我们的心头好，每次入住，那宾至如归的热情更使它魅力翻倍。欣喜的是，我们这次入住的房间和上一次是同一间，它门上的破钟和上次一模一样。

上茶后，我们本打算躺下小憩一会儿，但还是打电话叫来了女仆。

“看看这个勺子！”我们大叫道。

那个细声细气的女仆则疑惑地看着它。

“怎么了？”她微笑着说，“从外表来看，它应该是用来舀蜂蜜的。”她平静地回复道。

“请把它拿走，”我们抗议道，“给我们一个新的。”

她一定觉得我们有病。每个盘子上都铺上了一块干净的餐巾，不过，毫无疑问，她心里肯定在说：“噢，上帝帮帮我，这些游客太古怪了！”我们确信，她正在过道偷偷抹去围裙内侧的蜂蜜。

第二天，我们在一个坐落在米司平坦又肥沃的土地上的小型中间站落了脚。在那儿，我们见到了一辆夺人眼球的老式“座驾”，它是由两匹强健的马拉动的一驾帅气的四轮游览马车。我们认为，在汽车时代，这辆四轮游览马车是个讨喜的古董，因为它外表崭新，状态完美。

在我们收集各种各样的小东西时，马车夫试探性地望了我们两三眼，官气十足地用他马鞭的末端指挥着侍者。

不久，他便凑了上来：“你看到那辆马车了吗，先生？”他对我们说道，“有位小姐刚买下了它。是我亲自为她挑选的。它可以称得上是巧夺天工了，您现在可以买下它，这方便得很，不是吗？不过当然，您也可以把它当成一驾公共马车。您一定想不到它能装载多少人。前几晚，我驾着它将六位女士送到了舞会。她们都是美人，但她们都对我没意思。”

“我们真希望他不要逢人就讲这事儿，”其中一个“体形肥硕”的女士抱怨道，“每逢夏季，他驾着这驾四轮游览马车来这里时，他都会把这故事重复一遍。”

她性情友善且幽默，她的壮硕中带着美感。

这些女主人房子里的花园真可谓是花红草绿，常见的高墙围绕花园。若是在山脚下的厨房和园林保留地外建堵墙，往下的沼地就会被划在外面，一望无际的视野也会受到阻碍，但我的心中还是渴望拥有一个旧式围墙花园。这个地方独具特色，空气中混着草本、鲜花和成熟果实的香味，蜜蜂持续地嗡嗡低语，还有大丛的迷迭香、薰衣草、多苔的苹果树和清脆的西芹花床。

这个独特的围墙花园是个极好的范本，见闻浅薄的我们在这儿第一次见到了珍贵的亮兜夜蛾。那草本花坛中的宝贝一直从六月开到十一月，花园里还有一片巨大的蓝色鼠尾草花床。

这些鼠尾草（为何我们就不能种出这样的鼠尾草呢？）围

绕着一块繁茂的古老玫瑰花坛，花坛中的树如童话般葱茏。穿过花坛对面的砾石小道（比起这我们还是偏好其他的道路），有一片靠着高墙的金鱼草地，泛红的枝叶紧挨在一起。这堵高墙青苔簇簇，地衣厚实，成荫的树木延展到外侧。树叶在和煦的爱尔兰风中摇摆，发出唱诗般绵延轻快的声响，白嘴鸭发出“哇哇”的声音。站在那里，一种满足和宁静之感迎面而来，要是此刻我的心里没了对我们花园的鼠尾草长势的担忧，那该有多妙！

这个花园独具爱尔兰特色，花园里千树葱郁，栗树繁茂的枝叶让这儿成了一个热带气息浓郁的小树林。孩子们在这个草木苍翠、华丽贵气的“宫殿”里定能乐不可支！

在接下来的那几周内，欢声笑语始终相伴我们左右。我们还参观了隔壁的一座城堡，这是座历经沧桑的城堡，但在普

金[1]声名鹊起之时，他曾对其做过些表面的“修复”。

周日，我们看见女主人——一位兼具活力与魅力的小个女士——与她的勋爵丈夫和孩子们在田间活力四射地打曲棍球。她的小儿子跟在她身后上蹿下跳，拧着双手，急促地喊道：“妈妈，你快被打到了！妈妈，你快被打到了！”这声音真是响彻田间。

精疲力竭后，她拉着我们去喝下午茶，女主人脱下宽松的手套，将它们随意一扔，在此期间，她灵活的舌头从未停歇过。

“希望你们别介意这味道，这闻起来太臭了。不过你们知道，虽然每天都洗澡，但狗们难免有味儿。这些可怜的小病狗，但请不要害怕，这不会传染，只是诸如疥癣一类的东西，硫黄皂就能解决这事儿。请进，请进，我真希望我们能够找点垫肚子的！凯蒂，凯蒂！有什么吃的吗？看，这是个很大的屋子，我们上周还在这儿跳舞。看着它现在的样子，你完全想象不到吧？这千真万确！那天晚上我自言自语：‘我们生活的这个世界多古怪啊，这些圣人们裸着脚俯瞰我们，而我们却裸着背！’”

“你们还要再来点吗？啊，你们饱了呀！也不奇怪，我自己都吃不下了。你们能和我一起去花园看看吗？我想带你们去那儿转转。我的手套呢？我的黄色手套呢？凯蒂，你见过我的

① 奥古斯都·威尔比·诺斯摩尔·普金（1812 — 1852），19世纪英格兰建筑师、设计师、设计理论家。

黄色手套吗？啊，算了！这边请，我自己种了一花坛的花。哦，我的天，他们走了，还把门锁上了！这真是星期日的恶作剧！别担心，我会打电话给他们。约翰尼·格林在吗？格林夫人在吗？小康德恩在哪儿？啊，他们都出去啦！但我不会就这么放弃的，或许我自己就能把它打开。你们现在推吧，行吗？我会转动把手，使劲点，这锁也是年代久远了。啊，它竟一点也不动！能把你旁边的棍子递给我吗？哦不，谢谢，我还是亲自去拿吧。”

要不是她在这时无法继续说话，不然她准会说：“用身子把门朝花园推过去。”她脸颊猩红，喘着粗气，头发凌乱却不减一丝风韵，但最后她还是停了下来，边笑边喘着气把棍子还给了后面的人，她认命了：“啊，我竟忘得如此彻底，现在我明白是怎么一回事了。他们都去了牧师远方姐姐的葬礼。”

第三十五章

从米司肥沃的平原到戈尔韦贫瘠的土地，这次景色差别明显的旅途实在令人难忘。

从米司肥沃的平原到戈尔韦贫瘠的土地，这次景色差别明显的旅途实在令人难忘。等到了能看见大西洋的地方，整个城市变得越来越荒凉，越来越广袤。那晚，一抹橙色的晚霞横跨在一片无垠的沼地上，这种荒蛮之景和不易忘怀的美丽如一首狂野的歌曲般与我们一起快速融入黑暗。

爱尔兰的国民向来认为这片土地是有生命的，他们想象中的爱尔兰个性鲜明。爱尔兰忠诚的热情之火有鼓舞人心的力量，爱尔兰能够激发诗人创作出《胡里汉之女凯瑟琳》[①]与《黑发的罗莎琳》[②]这样的作品。

抵达那个曾经宽阔繁盛而今却衰败荒芜的小镇时，周围一片漆黑，它无言地注视着英格兰带去的残暴行径，这伤痕永不会被抹去。

我们友善的朋友派了一辆“酒店马车”前来接我们，借着站台路灯的微光，我们疑惑地望着拉着车的两匹孱弱的动物，疲惫的大脑考量着这两个臭皮匠是否可以顶个诸葛亮。天空开始飘起毛毛细雨，轻柔得宛如爱抚。

倘若有什么可以令都柏林的出租车甘拜下风，那就得是戈尔韦的四轮马车了。我们就这么东倒西歪地启程了。不一会儿，

① 《胡里汉之女凯瑟琳》为爱尔兰诗人、剧作家叶芝（1865—1939）的剧作。

② 《黑发的罗莎琳》为爱尔兰诗人詹姆斯·克莱伦斯·曼根（1803—1849）的作品。

田地上刮起了风，雨水开始斜穿过敞着的窗户打入车内。抬起窗户似乎成了最有效的解决方式，但这通用的方法在爱尔兰西部却并不适用。因为没有带子，我们无法将其中一扇窗户从它的凹槽抬起，就好比无法将牡蛎从紧闭的壳中弄出来一样。我们只好拉动了另一扇有带子的窗户，瞬间这扇窗户朝外倒下与车身形成直角，它明显有了要飞出去的趋势，多亏了我们死命地抓着它破旧的固件。若你曾尝试过用带子将窗户调到那角度，你就会知道那过程有多令人苦恼。我们突然对着车夫大叫起来:“看这儿！你的窗户松了！你最好停下来，把它放回去。”

不停奋力前行的马儿松懈下来，戈尔韦的车夫转头问道：

“这风是从你左边吹来的，还是右边？”

“左边，左边！噢，快点儿！”

“左边？好吧，是那个有‘带子’的吗？”他猛一拉缰绳，朝着马儿‘吁’了一声。”

冒着生命危险和窗户即将飞走的危险，我们费了九牛二虎之力才把倒下去的窗子重新放回凹槽。马车沿着极其坑洼的道路行驶了十里，周遭一片漆黑，起初还有马车吊灯的微光，后来也彻底熄灭了。不过最后能在千篷宅受到如此热情的欢迎，这一切也算是值了。

千篷宅是一座上世纪初期建造的“哥特式”宅第，它建筑体积宏大，庄严地伫立在一个戈尔韦的石地上开垦出来的公园中间。人们走进这宅子的第一秒，便感觉自己笼罩在光辉与荣耀之中。整个房子风格一致，简直是中世纪着色风格的教科书。墙壁由华丽的搪瓷蓝、孔雀绿或胭脂红漆成，与百合以及金色的马耳他十字架或一些其他的传统配件相宜地搭配在一起，天花板和屋檐和谐地与它们相呼应。在缀满浮云、触手可及的天空下，这种亮丽的色彩在西部忧郁的灰色和绿色背景之间真是魅力无穷，它带着种诗意的梅特林克[①]气氛。

这些善良女士们的生活中透着某种古老又浪漫的微妙悲哀感，她们以如此智慧的方式统治着兄长留给她们的土地，土地是她们姓名的体现。现在，逝去的人已躺在公园里一个破败的教堂下，这个教堂没有屋顶，这长眠之地适合高尚孤独的灵魂，在变幻莫测的苍穹下，这是个完美的安眠地。

有人说在爱尔兰，人不懂得感激。

在我抵达的那天，我的千篷宅女房东带我去周围转了转，我们骑着一匹小马到了一个能很好地俯瞰公园和房子的高处。正当我醉心于风景之时，女房东再次挥动马鞭把我带到了几里远的一个白色小屋，她和善地告诉我，一个老妇人曾在那儿住了许久，但最近去世了。

“我来这儿看望她时，无数次发现她倚靠在墙上俯视千篷宅。某天，我对她说：‘玛丽，到底是什么让你这样站在那儿？’她回应道：‘我在看那个遮盖了我丈夫的屋顶！’”

---

① 莫里斯·梅特林克（1862—1949），比利时剧作家、诗人、散文家，被誉为“比利时的莎士比亚”。梅特林克的剧本充满诗意，被称之为“诗剧”。

若不是它逝去主人的记忆萦绕着整个千篷宅的房屋与土地，人们也不会对着它黯然神伤。我们住的这个地方神韵十足，乐趣无穷。

这些女士们满腹故事，活泼风趣，她们能愉快地与农民接触，并时刻准备着去观察和聆听他们的幽默和苦痛。她们也都是有文化有阅历的人，外面的世界几乎尽在她们的掌握中，逃不开她们敏锐的见解。

然而，最吸引游客的还是有关家庭的话题。

“卡洛琳，”老幺对她姐姐说道，“我听到看守惠伦和门房的蒂姆·鲁尼在雅典莫尔车站交谈。蒂姆想着要向一位年轻女士示爱，你知道，他一直在讲这事，因为我走近他们时惠伦正好对他说：‘说实在的，我希望你已经结婚了！’他们前几晚在我们的车站谈得可尽兴了。”她转向我们继续说道，“他们朝着车站的电铃做了个挥拳的手势。惠伦是个幽默十足的人，他们曾想随时停下雅典莫尔车站的来自戈尔韦的特快列车。不过由于人们对列车晚点的抱怨以及从都柏林那儿发出来的指令，这事儿无论如何都不可能成，但这是最近才有的规定，没人知道。前几天发生了件糟糕的事，巴莱克神父和医生都想去救一个紧急的重症之人，他们说那个可怜的家伙快闭眼了。”

“这次你必须停下火车，惠伦。”巴莱克神父说。

“或许我还能救回他。”医生补充道。

“我不能，神父，”惠伦说，“我的地盘也一样宝贵。您别请求我，医生先生，这会让我走投无路的。公司的指令非常严格。”

“想想他可怜的灵魂。”神父说。

“若是他出了事，我会让你负责的。”医生厉声说道。

“哎呀！真的不行。”可怜的惠伦感叹道，他叫来了蒂姆。

“蒂姆，告诉神父，”他说，“告诉神父和医生我不能违反规定，那个信号动一下，列车就能通过。”正当蒂姆大步前进时，惠伦在他后面喊叫着：“我希望你能马上工作，蒂姆，那个信号太糟糕了，危险！”

不管他有没有朝蒂姆眨眼还是什么，蒂姆就这么一直工作。

“我无法让它动起来，”他说，“您要自己来吗，惠伦先生，要不要试一下？”

玛格丽特小姐不禁大笑起来，他们两个人都进入了那个信号房，惠伦又拔又拉的，最后他哭着说：“没用了，它卡住了！如果是机器出了问题的话，相信公司应该不会怪我的。好吧，这是件好事，神父，现在列车无论如何都得停下了。”

我们在千篷宅愉快地用餐时也笑了好一会儿。这房子带给我们的尽是喜悦，我们再也找不到比这两位可爱的小姐更好的陪伴了。

“我们找到了，”年长的卡洛琳小姐向我认真地解释道，“一个非常细心的马车夫，他很可靠，所以和我们出去的时候，你完全不用紧张。他的确是百里挑一的人才，因为他值得信赖。

你知道，我们这种谨慎的女人不可能让一个醉醺醺的马车夫来拿我们的生命冒险。”

“我希望，”卡洛琳小姐继续不好意思地说，“你不介意他不穿制服。”

“事实是，里根昨晚出了个小意外，”玛格丽特小姐解释道，“他回家的时候掉进了一个旧的碎石坑，磕破了头，还……”

“这全怪我，”卡洛琳小姐苦恼地插了进来，“是我派他去戈尔韦镇的，还告诉他在那儿等着，把巴莱克神父接回来。他就这么游荡了一小时。”

“亲爱的，亲爱的！”玛格丽特小姐咂了咂嘴，“那太不幸了！他是如此可靠的人！但在戈尔韦待了一个小时……”

“这结果可想而知，”卡洛琳小姐总结道，“这全怪我。”她转向我，补充道，“我一般都不会把他一个人留在镇上。”

在她们的印象中，里根最好的品质就是“可靠”。对外人来说，要理解爱尔兰和爱尔兰人的行为实在是天方夜谭！你得幽默风趣，并且耐心十足！当然，没有什么能比一种令人愉快的幽默感更能培养耐心的了。

这几位女士是这个地区的上帝。在宽敞的车库后面的一个房间里，村妇们手工制作的土布快要堆到天花板了。当某个母亲急需用钱时，她就会去找玛格丽特小姐或卡洛琳小姐，带去或者允诺给她们制作的布，这样子她就能预支一大笔钱了。很大一部分钱都是以这种方式交易的，这主要来源于小姐们的慷慨解囊。

卡洛琳小姐带着爱尔兰的口吻说："有时候会有一个人过来，声称她的家庭已一无所有，需要五英镑。'你确定三先令不够吗？'我对她说。'噢，卡洛琳小姐，尽管我是个女人，但也至少要两英镑十先令才行！'她告诉了我她想要的价钱。"

玛格丽特小姐掌管的货物买卖已经让千篷宅损失惨重，没有人会说她展现了一种商业精神。"让我现在来看看。"她会一边说，一边用手指摆弄着货物，那是一些色彩明艳的货物，她用五根手指试探着，"我认为这个值三先令十便士，或者四先令，但我会以一先令六便士的价格给你，若是你确定——非常确定——你想要它的话。"

第三十六章

这个地方既狂野又忧郁，极有特色，田野广袤无垠、贫瘠枯黄，且布满了巨石。

这个地方既狂野又忧郁，极有特色，田野广袤无垠、贫瘠枯黄，且布满了巨石。道路两边的乱石墙很低矮，延续的线条更加重了乏味，但即使是在这片荒芜中，也存在着一种诗意，满足了那些热爱无尽视野的自由的人。绛紫色和葡萄色的克莱尔山岭在天空的映衬下伸展着它们无与伦比的身姿。这儿的人们很少能意识到爱尔兰的色彩，不知怎么的，这些色彩似乎褪去了。“在爱尔兰，万物都带着灰调。”我们的某位艺术家朋友不满地断言道。我们被带到了一个临湖的城堡中，那儿简直是人间奇观。这座中世纪建造的坚固城堡并不比之前我们住过的哥特式别墅要来得陈旧，它屹立至今仍然宏伟。洛湖区域是

一个美丽的地方，在最远处，通过松林的道路变得极其陡峭。倏然，在靠近黑暗树林的顶峰时，远处那美丽的湖泊跃然眼前，河岸上是“隐藏的花园”，那里有一大片如童话般的美景。眼前浮现的这片景致让任何华丽的辞藻都黯然失色，洛湖区域已在花园艺术上做到了极致。

即使是在九月下旬，你也能在这儿看见悬挂于水面上的鲜艳玫瑰，还有在参天大树之间，宏伟地延伸到树林的青草小径，小径两边栽种着灿烂的山百合。有位女士正在与生长在石灰性土壤里的杜鹃花特别是紫蓝杜鹃进行一场艰苦的斗争，不过，这场斗争是否值得还是个问题。

“我们已经放弃了。” 千篷宅明智的女主人说道。

我们偷偷地笑了，洛基茅草屋至少在某些方面有点优越感了。

我们越过边境，进入克莱尔郡。那个装饰着白色石灰柱的房子要追溯到十九世纪末的意大利新现实主义。一位古怪的绅士，他是青年爱尔兰运动的煽动者之一，曾居住在那里，但他如今已经不幸离世了。我们参观了那套房子，并且受到了管家的热情招待，这位女士名为昆塔夫人，她是我们的女房东的一个旧相识。那天下午的参观与其他的游览一样让我们相当享受，我们一直开怀大笑。

昆塔夫人吱吱嘎嘎地向我们走来，她脖子上那条飘扬的黑丝巾瞬间让我忆起童年时周末的情形，还有我母亲的女仆那和善的容颜。我们坐在维多利亚早期风格的客厅里享用下午茶和艾伯特饼干，聆听着卡洛琳小姐和昆塔夫人之间诙谐不断的谈话。顺带一提，卡利斯镇的主人长期以来都是个鳏夫，自从多年前那件让他重回单身的事情发生以来，他再婚的问题一直是他的邻居们关注的焦点。

昆塔夫人站在那儿，那双显然没洗过的手交叉着放在黑色丝绸紧身胸衣的最后一颗纽扣上，凌乱的黄灰色头发下是一张皱纹遍布的脸，她爱发牢骚，性格幽默且古怪。在我们进食时，她一直滔滔不绝地讲话，并且时不时地提问或来个评论。

“说真的，卡洛琳小姐，我可忙了。再确认下，主人是不是说后天会有十二个客人到来？我已经准备好了所有房间了，教授已经到了，他不会带来很大的麻烦。他的鞋子放在后面的走廊上，他现在出去了，他的打扮太古怪了。卡洛琳小姐，你知道吗？他穿短褶裙，而且他只说爱尔兰语！天啊，我真不知道他在说什么！”

话音刚落，昆塔夫人突然大笑，将一只积满污垢的手放在嘴巴上，笑得直不起腰。

“主人钟情于此，上帝快帮帮他！”她继续说道，“不过当然，我会告诉他，我这样的年纪没办法再思考这种东西了。的确，这段日子太奇怪了！主人带了一个黑人女子回家！”

“一个黑人女子？”卡洛琳小姐忽然喊道，这话让她从平和中惊醒，“天哪，昆塔夫人！”

“没错，千真万确。一位真的黑人女子，我听说他们是在巴黎遇见的。”

“在巴黎！”

似乎从那个地方带回一个黑人女性有点奇怪。

我们都对此兴致盎然。

“我猜，”卡洛琳小姐说道，“你指的是一个相当黑的女士，或者一个黑头发的女人？”

“不不，据我所知，她真的是个黑人。从印度、非洲或是其他什么地方来的。”

“天哪！”卡洛琳更惊讶了，“那他打算要娶她吗，昆塔夫人？”

“我认为他有可能会这么做。我认为他什么都做得出来，卡洛琳小姐！”

一个黑人女子！难道二十五年来的期盼就要到头了？

“他明晚会把她带过来吗？”

“啊，或许吧！他会坐着午夜列车过来，卡洛琳小姐，上帝知道他们什么时候会到这儿。”

“噢，他准是要娶她了！”卡洛琳小姐说道，昆塔夫人强忍着心底的哀伤,再次笑得前仰后合,她觉得他极有可能这么做。

我们在昆塔夫人的陪伴下，细细参观了这套房子。在装饰有深红墙纸的餐厅里，有一个看上去像厨房橡胶垫的东西躺在红木桌的一角，上面有一条硬面包摆在一个磨砂玻璃杯和一个有裂纹的盘子之间。昆塔夫人跟在我们后头，不停地向我们做着解释。

“他的确会很早就开始寻觅晚餐。”我们猜这里的“他”是指“不惹是生非的教授”。

我们穿过几个令人眼花缭乱的卧室。近来卡利斯镇的湿气很重，一路上，昆塔夫人向我们指出每间卧室里最差的地方：“快看那儿！卡洛琳小姐，快看，当然，与床后的东西相比，这是小巫见大巫了。若是你能看见那个床后的样子，卡洛琳小姐，你简直不会相信自己的眼睛。这房子现在的状态太糟了！要将这些家具拖来拖去，以此遮盖不好的地方，我的心都要碎了。”有人提议说，或许主人将会为那个黑人女士重新粉刷房子，但霍诺丽亚·昆塔依然坚持认为人们猜不透他的想法。

返程时，在就快到西海岸的一个村子时，我们的一个车胎爆了，我们只好在这个几近荒芜的地方被迫欣赏最自然的美景。破教堂的四面墙痴痴地凝望着天空，一排空无一人的破败农舍展现着克伦威尔时代的残暴政策是如何糟蹋了这个地方，热情的大海浪潮汹涌，巨大的黑色悬崖宛如卫兵。荒芜的平原和深不可测的海水让这儿的生活看起来非常不易。

没过一会儿，在司机修车的时候，一小群旁观者朝我们围了过来，这些孩子们顶着一头杂乱的金毛，眼神中透出一半凶狠和一半哀求。乍一眼看去，他们黑溜溜的双眼眨巴着，黑亮的睫毛忽上忽下，神情非常可怜，但他们其实暴力得很。孩子们身后有一个显眼的老人，他身披一件绕着麻线，并且长到膝盖的毯子。他看上去是如此粗野，所以有人凑上去诙谐地问他是否开过汽车。老人用蓝色的温和的眼睛审视了我们，仿佛他的身体里住了个天真的小孩，他摇了摇头，满头都是乱蓬蓬的白发。

在这些路上，汽车堪比幽灵，它们一靠近，若人们不能赶紧跑开，他们就会猛地退到一边的水沟里，或者靠在墙上，甚至连狗儿们都会四处逃窜。我们不会忘记那只可怜的牧羊犬惊慌失措地匍匐在岸边的那幕场景。回忆起我在英国马路上看见那些冷漠无情的英国车时，我的心总会提到嗓子眼，这让我意识到犬类的言行简直和人类如出一辙。

西部的爱尔兰人有奇怪的习惯和习俗，遇到陌生人时，女人们会从头上取下头饰，她们的动作迅捷到你几乎都无法瞥见她们的脸。丈夫依旧是她们的“主人”，外出时，她们会在丈夫身后保持两步远的距离。你在进入她们的小屋时要问候“愿上帝拯救这里的人”；你在田野上见到她们时，则要说“愿上帝保佑你们工作顺利”。

列车的鸣叫让我们极不甘心地离开了这些有趣的地方，我们要在指定的时间到达都柏林，所以只好“不甘心”地匆匆离去。

在爱尔兰人看来，罢工似乎是个天大的笑话。再也没有比那天的旅行更让我们开怀大笑的了，每个站台都挤满了军人，所有的居民聚集在站台上与他们交锋。一群急切、好奇又愉悦的人们朝着那列冒着暴乱和危难继续前行的列车边奔跑边打招呼。

一位端正严肃的督察来到了我们的车厢，和一位他称作“法官”的老绅士热切地交谈了几句。他俩似乎都沉浸于愉快的会面中。

到达都柏林时，我们发现没有搬运工来处理我们这么多的箱子，幸好一个强壮男性“毫不犹豫”地把箱子扛到自己肩上，另一个搬运工好心地帮助了他（真抱歉），颤颤巍巍地行走在他身后。

“你现在喜欢都柏林吗，史密斯先生？”我们听到月台上一个可爱的爱尔兰小姑娘对一位强壮的年轻士兵问道。

他低头朝她微笑，目光里透着坚定。小姑娘有双鸽子般的双眸和“咕咕”的声音。我们觉得他此刻是真的非常喜爱都柏林。

第三十七章

树叶如流年般坠落，花朵如时辰般凋谢，云彩如幻景般褪色，太阳如情感般冷却，河流如生命般流逝。

春天再次来了又走。秋季（本地语中的秋季为“Fall”[①]），是个古老又富有诗意的词汇，美国人现在依然喜欢用这个词指代秋季。

我们完全反对夏多布里昂[②]关于“垂老暮年”的预测。

“一种品行（浪漫主义之父怀着他一贯忧郁的心境对这个

① Fall，有“落下”的意思。

② 夏多布里昂（1768—1848），法国作家。法国浪漫主义文学的代表之一，著有长篇自传《墓畔回忆录》。

季节作了一番冥想）与秋景有关……树叶如流年般坠落，花朵如时辰般凋谢，云彩如幻景般褪色，太阳如情感般冷却，河流如生命般流逝。”

“关于秋的一切都冥冥之中与我们的命运相联系……”

对，以上的话语在我们看来全是胡扯，我们更愿意将秋季当做一个丰收的快乐季节。储起制好的酒，贮藏好水果……在花园里，这正是一个充满乐观与希冀的时节，牵挂着让下一个春夏大放光彩的珍宝。垂死的一年生植物的种子已经留作日后使用，更娇柔的多年生植物及时地躲到了掩蔽处，而一些强韧的植物则舒适地进入了它们自己的花床为冬眠作准备。现在正是隐退并将“好梦一觉睡到明年！”的时候。

圣诞节假期正奔驰而来！

我们有一棵圣诞树，是一株年幼的云杉，它是我们为了圣诞节而在一片叫做“荒野”的土地上精心挑选的。不得不说，这个装饰着宽大的壁炉及发光的天花板的大图书室为这个似家般舒适的地方带来温暖。第一晚，这棵树为我们自己点亮；第二晚为了家族点亮；第三晚为了孩子们点亮。若是各种年龄、地位的人不能“喜庆地重聚”（只有这个较难的德语复合词才能表达清楚），圣诞的真正乐趣也就无从谈起。

我们也没有忘记那些可爱的“毛绒小动物们”，一向对圣诞夜晚十分狂热的洛基有一个玩具动物可以与他相处。有人（这人除了朱维诺还能有谁）建议在漂亮干净的骨头上绑上红色的蝴蝶结，但考虑到祖父干净的地毯会被弄脏，这想法从未实现。

家主和朱维诺也都对冬季的飞禽挂念万分。有人将那些水池解了冻，顺便一提，仿佛鸟儿们在冬季最冷的一天都会来洗浴，夏季则以沙浴居多，这奇怪得很。通常在寒冷的季节，大小不一的山雀和雀鸟整日啁啾个没完没了。在圣诞节当日，阶梯、栏杆和屋子周围的台阶上都有大量的面包碎屑和其他诱人的小零食，但即使有饕餮盛宴，附近矮树林那儿所有的黑鸟也都不会过来。

我们会给彼此准备一份精心的礼物。祖父图书室书架上的那个小巧可爱的木刻圣女贞德，壁炉架一角的圣母克吕尼“祈祷棒”，灰黄的卧室里那尊陈列在国家美术馆里的小天使的梅第奇版复制品，客厅里那只刻画着紫色梅子、红色樱桃和蓝色葡萄的雕花玻璃高脚杯……这些都是我们每年精心挑选的圣诞节礼物，是我们永远看不腻的存在。

在最近一场著名的官司里看见了一位女士的打扮后，洛基的祖母想要自己挑选礼物，但她还未窘迫到要讨钱为自己买礼物的地步，她也绝不会如此。在圣诞节临近的时候，她透露

出一个信号，若送的礼物不能令她满意，她便会放弃策略，转而可爱地坦白。最终当“她渴慕的东西”出现在圣诞树上时，她惊喜得不知所措。茅草屋家主的全部乐趣则来源于购物，他老实的天性常常令他对自己的选择权深信不疑。实际上，我们都在圣诞节那天成了孩子，毕竟，这是个欢乐的日子。这是忙碌准备礼物的日子，是大脑为挑选适合的礼物而快速运转的日子，是为国外的亲友和家人不停系紧包裹的日子。我们拿小型圆形冬青花环装饰了茅草屋，冬青树从未似今年这般繁茂。

至于朱维诺，在设计圣诞装饰物时，他又施展了一番天赋，他用无人想到的常青藤搭配干瘪鲜丽的树叶，并配以多色的山楂、蔷薇果及莓果，这种惊艳的混色可以调高亮度。

人们用从罗马带回来的石头，在这个小教堂的食槽里做了个幼儿床，里面躺着一尊来自意大利的幼年耶稣像，是由一位现已离世的好心人购得的。这是一尊最古老的小蜡像，它身上画着红色的卷曲纹，蜡像的其中一只脚抬起作猛踹状。据说，原本在某个罗马教堂里的那个备受尊崇的真迹，也就是那个人们年年朝圣的物品遭到偷窃，或者是出于某个原因，它被转移到了另一个教堂，这让这个虔诚地区的人们既痛心又愤慨。不过在这次转移后的第一个圣诞夜晚，原来那座教堂传来巨大的敲门声，有一个小东西正用九牛二虎之力踹着门，渴望再次进入其中。人们恭敬、愉悦地抓住它并把它带了进来，再用盛大的仪式把它重新安置在原来的角落，自从那时起，它飞踹的小脚就这么悬在了空中。

我们环绕着被罗马风信子、白水仙及报春花染得馥郁而饱含诗意的饲料槽，这里的空间不足，我们又在乡村教堂里发现了更宽广的施展领域。在那儿，朱维诺建了一个铺着石楠，贵气十足的马厩。

上一个圣诞节，茅草屋的女主人躺在病榻上等着家人们回家的声音响起，在听到飘起的轻柔的圣诞歌时，她既感动又沉醉：

看冬日雪花飘飘，
飘落于大地，赐我们恩泽。
看温和的羊羔来了，
带来永恒岁月！
冰雹在清晨袭来！
冰雹在救赎的快乐黎明袭来！
歌唱着走过耶路撒冷，
基督生于伯利恒！

基督降于马厩，
打造满天星空；
他本居于高位，
坐在众天使中！

冰雹在清晨袭来！

家家户户都聚集在那里，给予她欢乐，让她觉得自己能完全享受到圣诞的乐趣！

朱维诺摇着灯笼，他们裹着厚厚的斗篷大衣站成一列，为她吟唱。这只是其中一个令我们念念不忘的幸福记忆。

花园里，日本单瓣紫苑肆意地生长在草地上，我们不小心把种子混在了一起，但就现状来看，却是格外美丽。看见这紫苑时，我们觉得洛基茅草屋应该多做这种实验！虽然我们现在的确也做了很多实验，这块小地方也改进了不少。

不过，实际操作可绝没设想中的这么理所当然。（举个例子）后来，我们曾美美地盘算过要为日本鸢尾花、绣线菊及其他喜湿的植物造个池塘和湿地。我们也确实打算过要以边缘装饰着一尊高大农牧神的大盘为模型，做一个精美至极的东西。这些光想想就太美好，但我们沉重地记起了那份已超额的秋季花园账单，这让我们进退两难。便笺本上惊人地记录着我们在球茎植物上的负债总额，如欲壑难填之徒一般，我们将脸埋在手里。

好吧，现在新年又要来了，它匆匆而过，却带给我们新一轮的花园乐趣，新的喜悦和失望代替了陈旧的希冀和野心，同时，掀开了一条新的地平线以及新的兴趣。其中，小动物并不是最无趣的，比方说，洛基茅草屋今年来了一只新的北京犬。她是个小巧温顺的小公主，毛发栗褐色，面如蝴蝶花。她的小下巴朝前微倾，鼻子极其平坦，情绪高昂之时，她的双眸会闪现出惊人的白光，正因为如此，它们才更加美丽，那双眼堪比最亮的“靴子上的纽扣”。

洛基自然对此十分愤怒。他竭尽所能地想要杀害她，这是个忘恩负义的行为，为了让她成为他的妻子，我们可是砸了重金，花了不少心血呢！她喜欢他喜欢得疯狂，并且毫无遮掩。第一次坐着汽车从伦敦到这儿时，她在一边朝他摇尾傻笑，而他则在另一边回应了一连串的鬼脸。

这只新的北京狗为我们带来了无尽的喜悦，我们打算叫她“含羞草”。不过按照惯例，作为家族中的老幺，她现在的昵称依然为“宝贝”。

她披着我们认为奢华程度与洛基的毛色不相上下的深栗褐色皮毛，双眼和脸的比例与童话中的人物相同。她口味古怪至极，中意许多令人难以理解的东西，比如说烟草的味道。若是她能搞到一把烟斗或一支香烟，她就会坐着吮吸它，如痴如醉地嗅着那味儿，直到有人呵斥她吸烟为止。当然，所有的狗都会在午餐后细细品味一杯咖啡，因此她这种热忱的爱好也不值得大惊小怪，对她来说，越强壮越好！

我们之前说过，这个品种最可贵的品格之一是在欢迎伙伴回家时展现的那种狂喜。家主对此很敏感，若是他错过洛基吵闹的欢迎仪式，他会备感伤心。前几天，我们将“宝贝”送到门厅去欢迎他返家，他一露面，她便优雅地跳起了华尔兹，伴着他一退一进，施展浑身解数。这个舞蹈动作包括跳跃到空中和前腿落地。尽管她还只是小狗，但在向家主表达情感这一方面，却毫不逊色。莫非，这种才能是她从某个生活在金碧辉煌的宫殿里的祖先那儿继承来的？

第三十八章

这个小教堂是祥和的天堂，当人们不幸要离家时，他们就会想到它。

扩建洛基茅草屋是主人们的梦，不过目前仍碍于资金短缺无法实行。很可惜，茅草屋的房间不够多，因为其中一个房间将永久用作祈祷室。

这个小教堂是祥和的天堂，当人们不幸要离家时，他们就会想到它。那尊白色马略尔卡陶器，是从台伯河畔[①]一家古玩铺购得的。犹记得它在黑暗中是如何地夺人眼球，那一刹那，我们觉得它非我们莫属！当下，我们将它固定在一个由尼科西亚广场的镀金工人制作的大型镀金木十字架上，这真是无比美丽！这个十字架的一边长于另一边，不过不经测量，也无人辨得出差别，并且它带有无与伦比的艺术印记，新颖别致且精工细作。

这个教堂的主色为白色和金色，摆放着从锡耶纳[②]购得的两尊据说出自多纳泰罗[③]的大型雕塑。其中一个无疑是多纳泰罗的真迹，另一个恐怕只是个赝品，但它们的品相都令人称赞。

有些小雕像在我们看来迷人极了，它们主体都是金铜色或者其他深一点的颜色。其中有一尊法国国王圣路易斯雕像，是由一位巴伐利亚艺术家特意雕刻的，雕像的身材纤瘦挺拔，面容庄重禁欲，头顶皇冠。旁边还有一尊好战的圣米歇尔，他

① 台伯河，又称特韦雷河，是仅次于波河和阿迪杰河的意大利第三长河。

② 锡耶纳，位于南托斯卡纳地区，佛罗伦萨南部大约50公里。

③ 多纳泰罗（1386—1466），意大利早期文艺复兴第一代美术家，也是15世纪最杰出的雕塑家。

全身披金，双手持剑，以及一尊面色苍白的圣安东尼，他似乎在朝那个站在他书上的圣婴毫不留情地开火。还有壁炉上那尊降龙的多彩圣乔治，龙大张着嘴，绿色的爪牙撕扯着已经制服它的长矛，圣乔治那匹飘扬着绯红马饰的铁灰色的马从一边进攻，目光抓狂。雕像都是用石膏制作的，上面有深刻的浮雕，两个长长的木质烛台分布在雕像两侧。

我们将两盆环绕着意大利花环，布满棕榈树枝和花朵的方形康普顿盆栽分别放置在祭坛台阶的两侧。

到了夜晚，当小礼拜堂只剩圣灯的光芒时，棕榈树的树影就像天使的翅膀，交错相叠……

不过，正如花园没有尽头一样，它的需求和我们对它的渴求也无休无止。它每一个阶段的转变都给我们带来惊喜，我们在此有数之不尽的欢乐与失望，因此，这花园和乡村别墅的故事真是千言万语也难道尽。我们和花园的故事或许会像丁尼生[①]的《小溪》那样奔流不息！同时，时间也永不停歇地延续传承。

花园再次迎来了盛夏，飞燕草肆意生长。我们正处于一波热浪的正中间，干燥的山坡植物们在骄阳下大口喘息。日暮时分，灌溉开始了，我们的精气神又在凉爽的晚风中恢复回来了，

① 阿尔弗雷德·丁尼生（1809—1892），英国维多利亚时代最受欢迎及最具特色的诗人。

我们与受百般宠爱的花坛一样，渴得可怜。

沼地变成了紫色，树木早早地披上了墨绿，时光“眨了眨眼”，似乎不曾为我们停留。德国人说，我们在死盯着第一株鳞茎抽芽。没过一会儿，攀缘蔷薇和光叶蔷薇便会热烈盛放。再过一会儿，秋风就会拂过山谷，欧洲蕨为绵延的山丘铺上金装。在一年的最后，冬日与雪花到来，我们又再次等待春至。

一如既往，却又有百般不同。就这样年复一年，直到某天，我们也将离花园而去。

“你很快就会焕然一新”，这是爱书人的座右铭。我们深爱的花园也是如此啊！